私の馬

川村元気

新潮社

私の馬

第一章

国道に、馬がいた。

錆びついたブレーキを力任せに掛け、赤いスクーターを止める。熱されて溶け出しそうなアスファルトの上でタイヤが擦れ、ゴムの焦げた匂いが鼻を突く。

色褪せたフラッグがたなびく中古車販売店と、潰れて看板が外されたパチンコ屋に挟まれた道の真ん中に、黒く艶やかに光る馬体が在った。

先ほどまで道路を行き交っていた軽白動車や大型トラック、路線バスやオートバイが、立ち往生しクラクションを鳴らすが、それらはまさに馬耳に吹きつける風のようで、私の背丈の倍ほどもある馬は道の真ん中で悠然と首を動かしている。

つんのめったヘルメットの鐙を上げると、馬と目が合った。漆黒の瞳が、じっと私を見つめている。どこか懐かしく、物悲しい黒。なぜだか、ため息が漏れた。額から汗がつう、と日に焼けた首筋を流れて着古したシャツの襟を濡らした。国道に立つ馬は、私から一切目をそらさない。正気かどうかを確認しようと、口角を上げた。大丈夫、ちゃんと笑えている。

馬が二歩、三歩とこちらに歩み寄ってくる。拍動が速くなり、激しく鼓膜を打つ。硬い蹄《ひづめ》がアスファルトを打ち付ける音がそれに重なった。枯草と乳が混じり合ったような獣の匂いが、私の鼻に届く。

刹那、黒い馬が天を仰ぎ高らかに嘶《いなな》いた。

幻ではない、と告げるかのように。

すると、揃いのナイロンジャケットを着た男たちがどこからともなくやってきて四人で馬を取り囲んだ。荒い鼻息を吐きながら、馬は前脚を高く上げる。右へ左へ。筋肉質で端正な四本脚が動く様は、洗練されたダンスのようだった。馬はしばらく暴れていたが、手綱がかけられると立ちどころにおとなしくなった。

ナイロンジャケットの男たちは、動き出した周囲の車に頭を下げながら、少し先の信号に停められた馬運車へと馬を引いていく。先ほどまでの様子と打って変わって、まったく抵抗することなくタラップを登った馬が観音開きの扉から荷台に乗ると、馬運車は鈍重に走り出した。消費者金融の無人契約機と、水色の看板のコンビニエンスストアに挟まれた交差点をゆっくりと左に曲がっていく。

遠ざかっていく車体に〝麦倉乗馬倶楽部〟と書かれているのが見えた。色褪せたその文字から私が目を離せないでいると、幌と荷台のすきまから、あの馬が顔を覗かせた。吸い込まれるような黒い瞳が、再び私に向く。

見つけた。

私が思うより少し先に、馬からそう語りかけられた気がした。


つむじを焦がすような日差しを浴びながら、私はだだっ広い道を社用の自転車に乗って走る。安全第一、整理整頓、清掃清潔。赤い字で大きく書かれた看板の横を通り過ぎると、その先に「共に世界の海へ」と壁面に記された工場が見えてくる。野球場ほどの広さの工場の一角では閃光が飛び散り、がらんと長い鉄パイプが切り落とされた音が聞こえてくる。

隣では後輩の宇野《うの》沢《さわ》美羽《みう》が、あちー焼けちゃうーと眉をしかめてペダルを踏んでいた。彼女は毎日同じ文句を言うが、その顔も腕もタイトなスカートから見える太ももも、異様なほど白い。半袖の襟シャツの上にチェック柄ベストを羽織っている美羽は、童顔も相まって女子高生のように見える。この制服着るとナントカ48みたいですよねーと自虐する彼女に、ふたまわりも年上なのに同じものを着ている私を気遣う様子はない。

突然目の前が影に覆われ、視線を上げた。

コンテナ運搬船の船底部分を形成する赤い鉄板が、太陽の光を遮っていた。その様はいつかテレビで見た、巨大な鯨の死体のようだった。立ち並ぶ工場で造られた船のパーツは、百メートル超のクレーンで運ばれ、沿岸で組み立てられていく。

ギリシャの船主から発注された鉱石運搬船は、ちょうど半分まで建造が進んだところだ。完成したら全長三百メートルを超えるらしい。東京駅の駅舎とほぼ同じサイズなのだと、工場長が話していた。

短大を卒業して造船会社に入社が決まり、工場に配属されて二十五年が経った。始めのうちは怖かった。こんなに大きなものを作って大丈夫なのだろうか。それは人間に許されたスケールをとうに超えているように感じられた。かつて母親に教えてもらった旧約聖書の物語を思い出した。天国に近づこうと高い塔を作っていた人間たちに神様が怒って、言葉をめちゃくちゃにした。人間同士の会話ができなくなって、塔の建設は中止となる。以来、人間は世界各地に散らばり、バラバラの言葉で話すしかなくなった。それと同じことが、いつかこの工場でも起きるのではないか。

けれども数ヶ月ここで働いて造船の仕組みを知ると、ひとつひとつのパーツが大きいだけで、実態はプラモデルを組み立てているのとさほど変わらないことがわかってくる。それならば神様の怒りに触れることもないだろうと、私は胸を撫でおろした。このことをいつか誰かと話してみたいと思ったこともあるけれど、共感してくれそうな人は職場にはいない。

パーツを切り取られて穴だらけになった鉄板と乱雑に積まれたドラム缶のあいだの道を縫って八分ほど走ると、港に横付けされた建造中の鉱石運搬船が見えてくる。二十階建てのビルほどの大きさの船は、輪切りにされたように断面が晒されている。その目の前にある鉄板工場の横に、私たちは自転車を停めた。

それぞれの荷台に積んだ合計四十二個のプラスチックの弁当箱を、様々な形の鉄板がパズルのように置かれた工場の中に運び込んでいく。煤けたビニールのカーテンをくぐった途端に、すえた臭いが鼻を突き、額から汗が噴き出した。四十度は超えている。この熱気で、すぐに弁当が傷んでしまうのではないかと気が急く。

「美羽ちゃん、今日はなに？」

美羽を認めた作業員の男たちが手を止め群がってきた。ガチャガチャとコンクリートの床に重い安全靴の底が当たり、耳障りな音を立てる。

「えっとね、チキン南蛮か、鯖の味噌煮」

「うまそう」

「ねー」

二年前に入社した美羽は、誰とでもフランクに話すが、不思議と失礼には聞こえない。

「美羽ちゃんは、どっちが好き？」

「えーどっちだろう？」

美羽がなにかを自分で決める言葉を、私は聞いたことがない。

「じゃあ、優子《ゆうこ》さんはどっち？」

先頭にいた茶髪の男から唐突に問われ、思わず口角を上げる。

「え、なにかおかしい？」

おかしいとか、おもしろいから笑っているわけではない。ほとんどの会話を愛想笑いで済ませているうちに、いつのまにかそれが癖になっている。

「ちょっと！　優子さんに近づかないでくださいー」

美羽が両手を広げて、質問を制止する。じゃあ俺は美羽ちゃんにしようかなあ、茶髪の男が酒焼けした声で言う。彼は先月子どもが生まれたばかりのはずだが、独身の頃から話す内容がなにも変わらない。俺も俺も、と後ろに並んだ色黒の男たちが唱和する。

「もうーからかわないでください」

美羽は、潮風で乱れた髪を結い直しつつ笑う。

ほんとだよ。まじまじ。彼氏いんの？　男たちの口が、餌に群がる鯉のごとくぱくぱくと動く。みなさんお弁当ですよー！　と奥の男たちにも手を振る美羽の腋の下が汗で濡れているのを横目で見ながら、私は淡々と弁当を渡していく。

美羽ちゃん、いつもセクハラされて嫌じゃないの？　昨日食堂で弁当を食べていたら、隣に座っていた女性社員が美羽に聞いていた。そんなにヤじゃないです。嫌われてるよりマシかなって。まあコミュニケーションだと思えば全然アリです。

美羽の言葉に同意できることはあまりないのだけれど、私は彼女のことをかわいらしいと思う。共感できるかどうかということを超えて、美羽には人に好かれる資質が生まれつき備わっている。

「瀬戸口《せとぐち》さん、ありがとうございます」

低くくぐもった声がして顔を上げると、修理工の丑尾《うしお》健二郎《けんじろう》と目が合った。かつて船大工として入社した技師の彼は、今は鉄板溶接のリーダーを担当している。その丁寧な仕事ぶりは、社内でも評判がいい。いつもぎりぎりまで手を動かしていて、弁当の列は最後尾になる。そして、決まって私から弁当を受け取る。

「しかし……暑いですね」

同意を求めるような丑尾の言葉に、私は曖昧な笑みで応え、最後に残った弁当箱を渡す。

恰幅のよい丑尾は少し薄くなった生え際に湧き出る汗をタオルで拭いながら、鯖の味噌煮弁当を私から嬉しそうに受け取る。

「今日は、締め日ですか」

問いのようなひとりごとに対して私が答えあぐねていると、優子さん戻りましょー！ と一足先に自転車に跨っていた美羽に呼ばれる。会釈して踵を返すと、じゃあ後ほど組合で、と丑尾の声が私の猫背にかかった。


総務部に戻ると、暑いね、お疲れ様でした、と部長の藤井克巳《ふじいかつみ》がペットボトルの水を手にやってきた。私は小さく頭を下げ、冷えたそれを受け取る。ピンク色のベストの下で、汗に濡れたシャツが背中にべったりと貼り付いていた。

「優子さん、落ち着いたらでいいので、例の対応お願いできますか」

昼食時以外、本館から一歩も出ない藤井は、夏でもスーツの上着を脱がない。筋肉質の体格もあいまって、造船会社の部長というより商社マンのように見える。

「またクレームですかあ？」

私の背後で、卓上扇風機に顔を近づけながらスマホを見ていた美羽が口を挟む。彼女は仕事中も、ずっと誰かにメッセージを送っている。パステルブルーに塗られた爪が、画面上を滑るように動く。

「駅前のマンションの住民の方から、苦情が来ました。うちの社員がお酒飲んで、深夜にマンション前で騒いでると……」

美羽に構わず、藤井が続けたが、

「それ毎年夏の風物詩じゃないですかー。暑くて頭がおかしくなってるだけっしょ」

と、私の代わりにスマホを見たままの美羽が応える。

面倒臭い仕事を押し付けてくる藤井に美羽が反抗するのは毎度のことだったが、最近は輪をかけてぞんざいだ。

「とにかく対応してあげれば一旦落ち着くと思うので」

「相手が調子乗るだけですよー」

「放ってもおけないので、今日中に返信しておいてください」

「やですー」

「じゃあ、よろしくお願いしますね」

私が黙っているうちに、気づけば藤井と美羽との会話になっている。〝今日中にクレーム対応メール〟藤井に了解を伝える代わりに、私はメモを取る。スマホ画面から目を離さずに、美羽がつぶやく。

「前にうちのアパートにもいましたもん、そういうクレーマー。どの部屋にも子供なんか住んでないのに、子供の足音がうるさいって全部のドアに貼り紙して回って。ほとんどホラー」

藤井はその言葉を遮るように白髪交じりの髪を掻き上げると、私の肩に手を載せてささやく。

「ほんとに優子さんがいないと回りませんね、うちは」

その骨張った指に、目がいく。

藤井が奥の部長席に戻ったのを見計らって、美羽がキャスターのついた椅子を滑らせ隣にやってきた。

「部長、すぐ触ってきますよねー」

同意を示す苦笑を返すと、美羽の悪態に拍車がかかる。奥さんいるのになんで女性社員に色目使うんですかね。馴れ馴れしいしゃべり方も気持ち悪い。そもそも自分がイケてると思ってる感じが無理。絶対私服ダサいくせに。

美羽は、話したいことだけを一方的に話す。私は相槌を打つだけだが、やりとりは小気味よく続く。お互い気を遣った会話をするくらいなら、その方がよっぽどいい。私は特に話すことがないし、彼女には話したいことがある。お互い数時間後には内容を忘れているのだろうけど、コミュニケーションの実感は残る。それはスマホのメッセージのやりとりに、どこか似ている。

クレーマーに丁寧な謝罪メールを打ち終えた頃、終業を告げるチャイムが鳴った。

「あ、優子さんは今日は組合に行かなきゃ、ですよね」

美羽の言葉に頷くと、小さなリュックに荷物をまとめて席を立った。ばいばーいと手を振る美羽に小さく手を振りかえし、資材部と設計部の間を抜けて本館を出ると、港から海に向かって首を伸ばすクレーンが見えた。それらが夕日に照らされて、馬のようなシルエットを象っている。はっ、と息を呑む。今朝国道で見た黒い馬を思い出した。

私は再び社用自転車に跨ると、作業を終えた男たちですし詰めになった喫煙所の横を抜け、工場と工場の合間を走っていく。やがて前から、鉄板を堆《うずたか》く積んだ装甲車のような車が近づいてくる。三十六個のタイヤがつけられた異形の運搬車を避け、港を目指す。

夕方の潮風に吹かれて、工場の中から鉄の匂いが鼻に届いた。

子どもの頃、似た匂いで目を覚ますことがよくあった。夜眠っていると、鼻から喉に生暖かいものが流れこんでくる。嚥下すると、鉄の味がした。気持ち悪くなり慌てて布団から身を起こして蛍光灯をつける。枕を見ると、そこには真っ赤な染みができていた。

たびたび鼻血を出す私を、母は病院に連れて行った。三つの病院を回ったけれど、原因はわからなかった。母からチョコレートやピーナッツを食べないようにと言われたので、大好きなチョコレートを中学生になるまで我慢していた。数年前に、鼻血とチョコレートはあまり関係がないことを知って母に文句を言ってみたが、そんなこと言ったっけ？　とまるで覚えていない様子だった。

港まで、自転車で十分。修理のために横付けされているコンテナ運搬船の横を、船首から船尾まで走り切ると、港の端に古びたプレハブ小屋が見えてくる。

その前に自転車を停めて中に入ると、既に丑尾がいた。剝がれかけたベニヤ板で囲われた十二畳ほどの部屋で目が合う。彼が微笑み、私は会釈で返す。丑尾の背後には〝坂巻造船労働組合〟と書かれた赤い旗が貼られている。狭い事務室に不似合いな大きな旗の前でふたりきりになると、挨拶すらどこか気恥ずかしい。

丑尾は額に浮かんだ汗を首に巻いたタオルで拭きつつ、会報誌の記事を確認している。事務室のエアコンは壊れており、ぬるい空気を吐き出すだけだった。丑尾の背後を通過しながら、その手元を見やる。先日開催された、組合員のサイクリングツアーのリポート記事だ。記念写真の中央で、美羽がひとりピースをしている。やはり肌がひときわ白い。

労働組合の雑務は、それを押し付けられた丑尾と私のふたりで回している。二年前に書記長になった彼は、集会や懇親会の仕切りから、会報誌の編集までひとりで請け負っていた。私は丑尾と斜向かいのスチールデスクに座り、引き出しの鍵をあけ、メモ帳と電卓を取り出す。毎週水曜と金曜の十七時から十八時半まで、このプレハブ小屋に来て、組合経理の仕事をしている。

八百人ほどの組合員から毎月二千円ずつ徴収した組合費が、労働組合口座に集まってくる。組合の活動は緩やかで、私が入社してから労使交渉が決裂したことは一度もない。組合費の使い先は、組合員の懇親会や研修旅行、事務室の光熱費、細々とした物品購入などに限られる。私の仕事は、その出入金を淡々と照らし合わせ記帳していくことだ。地味な作業だけれど、ひとりで完結するこの仕事が気に入っている。

「これ、先週の懇親会の領収書です。精算お願いします」

丑尾が、私のデスクに紙片を置く。５４２２０円、と荒くボールペンで書かれた居酒屋の領収書だった。

私は色褪せた古いデスクトップパソコンで会計ソフトを開き、現金出納帳のタブをクリックする。集会弁当代３６２００円、事務室ドア修繕費１３０００円、山本様香典５０００円、封筒ホチキス針３２４円の下に、懇親会飲食費５４２２０円とタイプした。入力が終わると背後に置かれた金庫の前にしゃがみ、ダイヤルを回す。右に五、左に九、また右に六、最後に左に三。五十年以上使われてきたという労働組合の金庫はやたらと重厚で洗濯機ほどのサイズがあるが、暗証番号がゴクロウサンというお粗末な数字であることは誰にも言えない。

かちん、と音がして金庫が開く。鉄扉の中は、少しひんやりとしている。手前に置かれたトレイの中から、お札と小銭を取り出す。奥には、いつからあるかわからない図書券や商品券に混じって、帯をされたままの百万円の札束が二十ほど置かれている。

「すみません。お金のこと頼りきりで」

背後から丑尾が申し訳なさそうに言う。

そんなことはないと首を振り、紙幣と硬貨を数える。皆がやりたくない仕事を引き受けていることで、会社での居心地の良さが保たれている気がしていた。

「瀬戸口さんしかわからないから……」

答える代わりに紙幣と硬貨を渡すと、僕にできることがあったら何でも言ってください、と丑尾がお金を受け取りながら言う。紙幣を数える彼の汚れた爪をしばらく見つめたあと、歪んだブラインドのすきまから見える港に視線を移した。

私はこの場所から、いつもクレーンを見ている。それらはゆっくりと、規則正しく動き続けている。九年間でさまざまな人が入れ替わっていったが、私とクレーンたちだけが変わらずに、ずっとここにいる。


プレハブ小屋を出ると、水平線に日が落ちて空がうすむらさき色になっていた。修理が終わったのだろうか。コンテナ運搬船が、沖に出ていく。近くで見るとあれほど雄々しかったのに、いまは小川を流れていく笹舟のごとく拠りどころなく見えた。

「おなか、空きましたね」

本館前まで一緒に戻ってきた丑尾の、つぶやきのような誘いの言葉に曖昧な笑みを返し、スクーターのエンジンを掛けた。

国道を二十分ほど走り、落花生畑と無数のソーラーパネルに囲まれたアパートに帰ってくる頃には、あたりは真っ暗になっていた。錆びついたポストを覗き、チラシの束を取って階段を上がる。二階の廊下の真ん中に、小さな三輪車が転がっていた。それを立てて隣のドアの脇にそっと置く。

寝室とダイニングだけの小さな部屋の隅にナイロンリュックを放ると、すぐにエアコンをつけた。冷凍庫で凍らせておいたごはんとハンバーグを取り出し、電子レンジであたためる。そのあいだにフリーズドライの味噌汁に電子ケトルで沸騰させたお湯を注ぎ、冷蔵庫にあったレタスとプチトマトを皿に入れて胡麻のドレッシングをかけた。

二年前に壊れて処分をして以来、部屋にテレビはない。小さなダイニングテーブルで、スマホを見ながらひとり食事をとる。

中年の男が道端で女子高生に向かって奇声を上げ、電車の中で女同士が髪の毛を摑んで怒鳴り合う。整形を丁寧に検証した動画、回転寿司の醬油差しを舐めた少年の身元の情報、不倫のやりとりがわかるＬＩＮＥのスクショ。それぞれの動画に、即座にコメントがついていく。名前も姿も見えず、声も聞こえないけれど、確かに人間がそこに集っている。次から次へと流れてくる言葉を眺めているだけで、あっという間に時間が過ぎる。私はスマホを左手に持ちつつ、右手で箸を動かし、硬くなってしまった肉片を口に運ぶ。

隣の部屋からかすかに子供の笑い声が聞こえ、箸を動かす手が止まった。

父親と母親が、交互になにかを話すと、けたけたと子供が笑う。

スマホの画面を消し、耳を澄ます。はっきりとは聞こえない、言葉のできそこないのような音だけが薄い壁越しに響く。しばらくして静寂が訪れると、私はお椀の底でぬるくなった味噌汁をすすった。

シャワーを浴びたあと化粧水を顔にたたき、日が変わる前に布団に入る。

色褪せた天井の木目をしばらく見つめたあと、掛け布団を肩まで上げる。国道で馬と目が合ったのは、いつのことだっただろうか。少し考えて、それが今朝の出来事だったことに気づく。遥か遠い昔のようだけれど、あの瞳だけがはっきりと脳裏に焼き付いている。

ゆっくりと目をつむる。闇の中で黒い瞳の輪郭が溶けていく。

ふぅ、と息を吐く音が聞こえた。

目を開ける。何の音だろうか？　隣人ではない。ダイニングから聞こえた。

再び、吐息のような音。

誰かいる。私は布団から身を起こす。肺から荒々しく息を吐き出す音が、すりガラスごしに耳に届く。おそるおそる立ち上がり、そっと寝室の引き戸を開ける。

うす暗い台所に、馬が立っていた。

ダイニングテーブルの前に黒い馬が佇み、窓外からの蛍光灯の明かりを受けた瞳が光っている。枯草と乳が混じり合った匂いがする。

馬がふぅ、と息を吐く。

周りの音が消えうせ、その鼻息だけが耳に届く。

馬がゆっくりと、首を回す。漆黒の瞳が、私を射抜くように見つめている。

馬が低い声で嘶いた。

私は呼ばれていると感じる。

一歩、二歩。音を立てずに近づき、艶やかなからだに手を伸ばす。まだ触れていないのに、馬体の熱を感じる。五歩、六歩、七歩。震える指先が、その逞しい首筋に触れた瞬間、私は目を覚ました。

ゆっくりと布団から半身を起こし、ここが現実であることを確かめるように口角を上げた。真っ白な朝日が、日に焼けた肌を照らしている。

いつのまにか、裸で寝ていた。


がらんとしたホームセンターとスーパーマーケット、並んで建つファミリーレストラン。中古車販売店に潰れたパチンコ屋。乾ききった道を、今日も赤いスクーターに乗って走る。

見慣れた景色が、いつも通りの順番で流れていく。

消費者金融の無人契約機と水色の看板のコンビニエンスストアとに挟まれた交差点が見えてくる。かすかに潮の香りがした。真っすぐに伸びたこの国道をしばらく進むと海岸に突き当たり、右折して沿岸にそって走っていくと造船工場が姿を現す。

赤信号が点灯し、スクーターを止めた。

ふと左に目をやると、青々とした田んぼの中に細い道が伸びている。

漆黒の瞳を思い出す。指先に熱を感じた。

背後からクラクションを鳴らされ目を上げると、信号が青に変わっている。衝動的にハンドルを左に切る。交差点を曲がると、アクセルを握っていた手首を勢いよく返してスピードを上げた。

新緑の稲穂が伸びる一本道を走っていくうちに、風に乗って獣の匂いが鼻に届く。昨夜の夢と同じ匂いの先に目を凝らすと、白い木造の母屋が見えた。その前には、見覚えのある馬運車が停められていた。

車体に〝麦倉乗馬倶楽部〟の文字を認めると、私はスクーターを停めた。母屋の奥には、柵に囲われた馬場と厩舎が見える。数頭の馬が、草を食んでいた。私はスクーターに跨ったまま、柵の中に目を凝らす。栗毛や芦毛に混じって、あの漆黒の馬体が見えた。

艶やかな瞳が、柵の外の私を捉える。

見つけた、と語りかけられたようで、息が切れる。

スクーターから降り、その美しいからだに引き寄せられるように柵に近づいた。

「初めてか」

いつのまにか横に立っていた白髪の男に、軋んだ声でたずねられた。顔は赤黒く焼け、首筋には幾重にも渡って深い皺が入っている。身長は低いが、肩幅は広く、杖をついているのにもかかわらず肉食獣のような覇気がある。

「馬に乗りたいのか」

私が馬に？　唐突な提案に思わず口角を上げて応える。

私の愛想笑いに構わず、どうする？　と男が迫る。私は答えを求めて、優雅に歩く黒い馬体を目で追った。

「初心者にあいつはオススメしないけどな」

杖の男は麦倉《むぎくら》と名乗った。この乗馬クラブの場長だという。あいつはまだここに来たばかりで慣れていないし気性が荒い、と麦倉は他の馬を薦めた。けれども私がその馬から目を離さないのを見て、まあやってみるか、とクラブハウスと呼ばれる母屋に、片足を引きずりながら私を案内した。

中に入ってみると、白いペンションのような見た目のクラブハウスのペンキはところどころ剝げていた。厩舎のトタン屋根は傾き、小学校のグラウンドほどの大きさの馬場の柵もつぎはぎだらけだった。乗馬と聞いてイメージする優雅さとはほど遠かったが、どこか身の丈にあった場所な気がしてほっとした。田園に囲まれて、のびのびと馬が草を食むこの場所は、私を異国の田舎町にやってきた気にさせた。

クラブハウスに入るなり、麦倉は古い革のソファに座り込んで深いため息をついた。あの足では数十メートルでも歩くのが辛いのだろう。代わりに、年配の小柄な女性が近づいてきた。

「馬に乗るのは初めて？」

少し逡巡したのちに、小さく頷く。

「それは楽しみね」

少女のように微笑まれ、釣られて私の口角も上がる。

「ビジターの方の騎乗体験料は一万二千円です。初回なのでヘルメットとジョッパーブーツ、レッグチャップスは無料でお貸ししますね」

そう言うと、彼女は申込書を差し出した。母よりも少し年上だと思われるが、背筋がピンと伸びたその姿は子鹿を思わせた。麦倉と向かい合うかたちでソファに座って名前を記していると、かすかに嘶きが聞こえてきた。目を上げると、小さな窓の外に見える馬場で、栗毛や芦毛と競い合いながら黒い馬が駆けていた。馬の鳴き声に急かされるように、住所、電話番号、服や足のサイズを記入した。

麦倉の背後にある出窓の前には、十数のトロフィーや賞状盾が乱雑に置かれている。いずれも日に焼け、埃をかぶったままだ。クラブハウスの奥には、大きめの暖炉があった。その横の壁には、栗毛の大きな馬に跨り、障害を飛び越える騎手の写真が飾られている。華麗な姿に見入っていると、

「あれ、うちの主人なんです」

背後から女性がささやいた。

「麦倉が、全日本で優勝したときの写真です」

驚いて正面に視線を戻すと、麦倉はいつのまにか杖に両手を預けたまま眠っていた。

「いまはこんなですけど……いい選手だったんですよ。どんな暴れ馬も乗りこなしちゃう人で。無理がたたって競技中に大怪我しちゃったんだけど」

いまでは妻である彼女が、事務員だけでなく厩務員まで兼任しているという。私が書き終えた申込書を手渡すと、

「零細の乗馬クラブだから、おばあちゃんだけど頑張ってるのよ」

また少女のような笑みを見せた。

ヘルメットをつけ、ブーツに履き替えてから、恐る恐る馬場に足を踏み入れる。柔らかい土に踵が埋まった瞬間、一段と濃い獣の匂いに包まれた。私を警戒しているのか、栗毛

や芦毛の馬たちが遠巻きにこちらを見ているのがわかる。少し先を歩く麦倉は、足を引きずりながらも、リズミカルに杖をつき三拍子でひょいひょいと歩みをすすめる。私はその後を追い、一歩また一歩と黒い馬に近づいていく。麦倉は馬の横までくると、手綱を手にとった。あの馬に乗れる。気が急いて、小走りで馬の背後に近づく。

「気いつけろ」

麦倉が口を開くのと同時に、黒い馬が甲高く嘶き、私に向かって後脚を大きく跳ね上げた。硬い蹄が鼻先を掠める。私は腰を抜かし、ぬかるんだ馬場に尻餅をついた。手首まで、柔らかな泥に埋まる。

へたり込んだまま、ちぐはぐに動き回る四本脚を目で追った。馬は私を拒絶するように鼻を荒々しく鳴らし、首を大きく振っている。

「驚かせるな」

麦倉は、低い声でたしなめる。その警告は私と馬、どちらにも向けられているようだった。

「下手したら死んでたぞ。馬は猛獣だ」

麦倉はチッチと舌鼓を打ちながら手綱を引き、白目を剝いて暴れ回る馬の首筋を撫でる。だが馬の瞳孔は開いたままで、その耳は心を閉ざすかのように後ろに倒れている。

「今日は無理だな……こいつも、あんたも」

麦倉は杖を私に向ける。

「顔、真っ青だぞ。戻って休め」

私は麦倉が差し出した杖をつかみ、泥の中から立ち上がる。蹄が鼻を掠めた感触が、はっきりと残っていた。膝が小刻みに震えている。

「忘れるな。馬は人を映す鏡だ」

麦倉は黒い馬に向き直ると、低い声でなにかをささやきながら首筋を撫で始めた。魔法にかけられたように馬の鼻息が収まっていく。伏せられていた耳がゆっくりと立ち上がっていくのを見て麦倉は、行くぞ、と舌鼓を打つ。すっかりおとなしくなった黒い馬は、麦倉に手綱を引かれ厩舎へ向かって歩いていく。そのとき、黒い馬がなにかを思い出したかのように立ち止まった。そして首をゆっくりと回すと、申し訳なさそうな視線をこちらに向けた。

その目を見ているうちに別れ難い気持ちがあふれてきて、気づくと麦倉の腕を摑んでいた。もう一度。諦められない気持ちを伝えるように、じっと麦倉を見つめた。

「やめとけ」

諭されたが、麦倉から目を離さなかった。

彼の白濁した黒目が、私から馬へと向く。麦倉は黒い馬の首筋を撫で、再びなにかをささやいた。馬はそれを聞き取るように、耳を立てる。麦倉は馬との交渉が終わったかのような顔でこちらを見ると、やってみろ、と頷いた。

私は泥まみれのヘルメットを被り直し、馬の斜め前からゆっくり近づく。

「てのひら全体で触ってみろ」

馬の首に手を伸ばし、そっとてのひらを添える。さきほど暴れ回ったからなのか、そのからだは熱く、湿っている。

「呼吸を感じるんだ」

鼻から吸い込まれた空気が、からだの中を通り抜けていくのがわかる。拍動を感じながら、首の上から下へとそっと手をなぞらせた。馬の耳は私が何者かを探るように動き、視線は忙しなくさまよう。

「ヘラヘラしたって無駄だぞ」

横から、麦倉の声が飛んできた。

どうにか受け入れてほしくて、気づけば馬に笑いかけていた。

「笑ってご機嫌取るのは人間だけだ」

ずっと、そうやって生きてきた。

「媚びるのはやめろ」

どうしたらいいのか。助けを求めるように麦倉を見た。

「息を合わせろ。お互い動物だ」

馬の呼吸に合わせて、大きく息を吸って吐く。彼のからだの匂いが、草の青い香りと混じり合い、鼻腔をつく。

馬の拍動が収まり、私のそれとリズムが合ってくる。次第に周りの音が消えていき、彼と私の心臓が脈を打つ音だけが聞こえる。

彼の瞳が、こちらを向いた。

深く、澄んだ漆黒の中に私がいる。

馬の鼻先に手を伸ばす。湿った鼻を撫でると、ピンク色の舌が伸びてきて、私の指先を舐めた。

舐められた指先の熱が、腕を伝い心臓にまで届く。胸が苦しくなり、涙が溢れてきた。

私はそのとき、赦された、と感じた。

ありがとう、と伝える代わりに彼の眉間を撫でる。すると馬が私に乗ることを促すかのように、首を下げた。

いいの？　と確認しながら手綱をぐっと握り、鐙《あぶみ》に左足を掛ける。

私を励ますように、馬が低く嘶く。

麦倉が後ろから私の腰を支えるべく手を伸ばすが、それを遮るように右足で地面を蹴って馬の背に腰を降ろす。視界がぐっと高くなり、青々とした地平線が目の前に広がった。

馬の大きな肺が、股のあいだで収縮するのを感じる。私が鞍の上で安定するのを待って、麦倉が口を開いた。

「ふくらはぎで腹を蹴ってみろ」

足の内側で、ぽんと腹を押すと、馬がゆっくりと歩きだす。私の内ももが、彼の熱い血流を感じている。チッチと舌を鳴らしながら麦倉が、斜め後ろを追いかけてくる。私は馬上から、麦倉を安心させるように頷いた。

「もう一度蹴って、手綱を少し緩めろ」

麦倉に言われるがままにすると、解放された馬の首がぐっと前に伸び、スピードが上がる。

ダッダ、ダッダ。

その逞しい筋肉が荒々しく盛り上がり、背中が揺れる。先ほど鼻先をかすめた蹄の感触を思い出す。この獣は、いつでも私の生命を奪うことができる。彼に命を預けていることに気づき、収まっていたはずの膝の震えが戻ってくる。

幼い頃、海辺の街に住んでいた祖父に手を引かれて海に入ったときの光景がよみがえってきた。海面に浮かぶ祖父の肩に摑まり、私は震えていた。大丈夫。祖父は私の手をそっと引いて潜った。海の中に入ると、ふしぎと体が軽くなり、緊張がほどけていく。おそるおそる目を開くと、そこには色とりどりの魚たちが泳いでいた。青、黄色、エメラルドグリーン。太陽の光に照らされて、魚たちが光っている。とても怖くて、でも美しく、心地よくて。私の体はまるで自分のものではないみたいだった。いま馬の背中にいる私は、あのときのようにみずからの命の手綱を手放す悦びを味わっていた。

「曲がりたい方の腕をひらく！」

背後から麦倉の声が飛んできた。気づけば、柵が目の前にあった。

右にいくか、左にいくか。

私は逡巡し、視線を左右に送る。

よし、左に曲がろう。

私が意を決した瞬間、馬が左に曲がった。言葉を掛けることも手綱を引くこともなく、馬がそうしたのだ。

いや、違う。

私がそちらに曲がろうと思うよりも少し先に彼は左に曲がったのだ。

図らずも口角が上がる。黒い馬に、心を読まれている。

彼は弧を描くように左に曲がると、まっすぐに歩き出す。

麦倉はなにも言わず、馬場の中央に立ってこちらを見ている。先ほど起きたことに理解が追いつかないまま馬の背中で揺られていると、再び柵が近づいてきた。

次は右に。

またしても私が思うより少し先に、馬が右に曲がった。

すごい、と感嘆の息が漏れた。やはり偶然ではなかった。

「いいぞ、目線を落とすな！　少し強く、足で押してみろ」

麦倉の言葉に励まされ、太ももで馬の腹を押す。応えるように彼が鼻を鳴らし、速歩《はやあし》になる。

ドゥダッ、ドゥダッダ。

私と馬の呼吸が、同調していく。四つ脚が土を踏む振動が心地よい。私の鼓動が、彼の足音と重なりリズムとなる。潮風が吹いてきて、黒い鬣《たてがみ》を揺らした。遠くに見える青い稲穂も、風に煽られ揺れている。大きな入道雲が、いきもののように大きく膨らんでいく。

ドゥダッダ、ドゥダッダ。

空を駆けているかのような高ぶりを覚えた。

馬が私の鼓動を感じている。馬上で、私は息を吐き出しながら口ずさむ。

ドゥダッダ、ラッダドゥダッダ。

声、こんなだったかな。久しぶりに発声した自分に驚き、笑いが込み上げてきた。

ドゥダッダ、ラッダドゥダッダ。

私が繰り返していると、息を合わせるように馬が甲高く嘶いた。一緒に歌ってくれている。トランペットのような、美しい鳴き声が馬場に響き渡る。

ドゥダッダ、ラッダドゥダッダ、ドゥディドゥディドゥダッダ。

嗎きを真似て私がメロディを口ずさむと、応えて彼が嗚く。私と彼の声が呼応して音楽になる。田園を飛ぶ鳥たちが唱和するかのように囀《さえず》っている。

なにもかもが自然だった。

私の中に彼がいて、彼の中にも私がいた。

「終わりにするぞ」

麦倉の声で、我に返った。

「体を起こして、手綱を引け」

言う通りにすると、麦倉が近づいてきてホーホーと馬に声を掛ける。先ほどまで勢いよく駆けていた馬が、ぴたりと止まった。それもまた麦倉の魔法のようだった。

ありがとう、と声をかけ私は太い首をぽんぽんと叩く。ずっと歩いていた黒い馬の鼻息は荒く、からだは白い汗で湿っている。乳のように甘く、心地よい香りがする。名残惜しかったけれど、鞍から腰を浮かせた。

馬場の柔らかな土の感触を確かめつつ、鐙から外した足をおろす。膝から下がうわつき、まるで自分の足ではないかのようだった。

楽しかった、と伝えるかのように彼が鼻先を私の首に押し付けてきた。自然と手が伸び、両手で包み込むように彼の鼻を撫でる。

幸せだね。

声が聞こえた気がした。それが私の声なのか彼の声なのか、わからない。

「ねえ、新しい子？」

甘えた声が、唐突に私たちの間に割り込んできた。振り向くと、チェック柄のジャケットを羽織った女性が笑顔で近づいてくる。

私より少し年上だろうか。肉付きの良い体格に合わせて仕立てたであろうフリルのついたシャツに、タイトなベージュのパンツを合わせ、光沢のある革のブーツを履いている。耳には蹄鉄を模した金のイヤリングが揺れていた。

「きれい」

さりげなく私と馬との間に入ってきた彼女に、彼を譲るかたちになった。

「そう、楽しかったの。良かったたねえ」

彼女は馬の首筋を撫で、なれなれしく頰をすり寄せる。顔には厚くファンデーションが塗られ、若々しい朱色の口紅が引かれている。

「御子柴《みこしば》さん。こいつなら、今日はもう乗れないよ」

麦倉が伝えると、御子柴という女は張り付けたような笑顔で答える。

「分かってますって。頑張ったから、お休みしないとねえ」

しつこく馬を撫でる御子柴の手つきを、私は見つめた。皺が寄った薬指には、大きなダイヤの指輪がはまっている。

「きみぃ、名前は？　どこからきたの？」

彼が答えるはずがないのに、御子柴は一方的に話し続ける。

麦倉が馬の代わりに答えた。

名前はグランデストラーダ。北海道の有名ファームの生まれで、血筋が良く期待されていたサラブレッドだった。速い馬だったが怪我が多く、中央競馬で勝てなくなり、地方競馬でも結果を出せず、いくつかの乗馬クラブを巡ったのちにここに連れてこられた。賢いけれど気性が荒く、昨日も輸送中に突然逃げ出して騒ぎになった。

「へぇ……きみ、暴れん坊なのね」

かわいい、と御子柴が黒い馬の鼻先を撫でようとする。すると馬は首を振って彼女の手を避け、私に視線を送った。

潤んだ瞳が、私を求めるように見つめている。

あの日、彼は馬運車から逃げて国道に立っていた。

運命を感じた。

彼が逃げ出さなければ、私たちは出会うことはなかった。


「あんた、乗ったことあるんだな」

麦倉の妻に教わりながらブーツを厩舎前の蛇口で洗い、クラブハウスに戻ると、声を掛けられた。麦倉はソファに座り、ひとり詰め将棋をしていた。将棋盤に載った桂馬を前に進めると、彼は続ける。

「子供の頃か？」

私は頷く。パチっと音がして、敵陣に入った桂馬が裏返される。

「……体は覚えてるもんだ」

小学生の頃、父に連れられて何度か乗馬をしたことがあった。二、三年ほどのことだったと思うけれど、体はしっかりと記憶していた。

あの頃は父の事業が順調で、羽振りの良い暮らしをしていた。父と母と私で、夏は乗馬をして、冬はスキーを楽しんだ。その頃以外の、父に関する記憶は曖昧だ。あのことがあってからずっと、母とふたりで暮らしてきた。

マンションの掲示板に手書きのビラが貼られたのは、私が中学校を卒業する頃だった。同じマンションに住む同級生の母親と、私の父が不倫関係であることを告発する内容だった。父は怒って警察に相談したが、しばらく様子を見ましょう、と相手にされなかった。嫌がらせは次第にエスカレートしていった。手書きのビラには、男女がマンションの一室に入る後ろ姿の写真がコピーされ、すべてのドアに貼られた。その女と父が、一緒にレストランにいた、ラブホテルから出てくるところを見た、などという噂が近所で流れ始めた。単なるイタズラだから相手にするなと父は繰り返したが、もともと周りの目を気にする性格の母は、浮気された妻として見られることに耐えられないようだった。ビラにコピーされた写真をよく見ると、確かに父親の後ろ姿に似ていた。景気が悪くなり、父の事業がうまくいかなくなり始めていた時期でもあった。私の卒業を待って、両親は別居することになった。

私は地元の公立高校に進学した。

マンションから離れ、母とふたりで小さなアパートで暮らし始めた。三ヶ月が経ち、新しい暮らしにようやく馴染んだ頃、中学校の同級生だった美世子《みよこ》が家に訪ねてきた。

美世子は、父の浮気相手だと言われた女の娘だった。ちょうど母はパートに出ていたので、私は彼女を家に招き入れた。冷蔵庫で冷やしてあった麦茶をグラスに入れ、彼女と向かい合った。

「私、嘘ついた」

しばらく黙ったまま俯いていた美世子が、唐突に告白した。震える指で何度もグラスを摑もうとするが、濡れているそれは彼女の手から逃げていく。

「優子ちゃんの方が可愛いのに、家までお金持ちで、お父さんもお母さんも仲良しで……」

美世子は、やっと手にした麦茶のグラスに口をつけると続けた。

「うちはママとふたりきりで、でもいつも仕事で忙しくて。日曜日にね、ママに会いたくなって、パートで働いているスーパーに行ったの。そしたら店長さんが、卵を並べているママの腰をずっと触ってて。たまにうちに来る、ハゲたおじさん。店長だから仕方ないのかもしれないけど、ママはずっと愛想笑い。私、声かけられないで見てた。そしたら、優子ちゃんと、お父さんお母さんが嬉しそうに買い物してて。今日は、すきやきか焼肉かなあ、しゃぶしゃぶがいいよ、とか言いながらお肉選んでて」

うちはいつもママがもらってきた期限切れのお惣菜、とつぶやくと美世子は麦茶を飲み干した。

「家に帰って、それらしく見える写真をコピーしてビラを書いた。優子ちゃんのパパとママが、恥ずかしくて家から出られなくなればいいと思った」

美世子は口ごもると、視線を上げて私を見た。それ以上、言葉は続かなかった。

どうして？　私も言葉を失った。私たちが不幸になったからって、あなたが幸せになるわけじゃないのに。

「優子ちゃんたちがうまくいっているのは、きっとずるいことをしているからだと思った。私たちは真面目に生きてるからダメなんだって」

最後に、美世子はささやくように言った。

「でも、私は嘘に首を絞められた。どんどん苦しくなる」

ちょうどお昼の時間で、隣の部屋からバラエティ番組のジングルが聞こえてきた。私は黙ったまま、かすかに聞こえてくる陽気なメロディに耳を傾けていた。どうしてそんな嘘を、私の母や、まわりの大人たちは鵜呑みにしてしまったのだろうか。子供が作った安っぽいビラの言葉に、みなが踊らされた。それが、本当か嘘かなどは誰も気にしない。美世子が帰った後、狭い部屋には虚しさだけが残った。

日が落ちると母が帰宅して、すぐに台所で夕食を作り始めた。包丁でキャベツを刻みつつ、最近パート先で仲良くなった友人のことを楽しげに話していた。そして刻むものがなくなると付け加えるように、お父さんと離婚しようと思うんだけど、とつぶやいた。その後ろ姿は、私の答えを待っているようだった。

私が黙っていると、母は生姜醤油につけた薄切りの豚肉をフライパンで焼き始めた。

「ちょうど良かったのよ」

じうじうと肉が焼ける音に紛れさせるように母は言った。

「あの人ろくに家にいなかったし、もう話すことなんてないから。だったら一緒にいても意味がないでしょ」

豚肉に焦げ目がついていく。芳ばしい醤油の匂いがした。フライパンから跳ねる油を見つめながら、母は続ける。

「どうせいま頃、別の人といるんだろうし」

だから、ちょうど良かった。そう言うと、母はできあがった豚肉の生姜焼きを、刻んだキャベツの上に載せた。

ビラが嘘であることを、私は母に伝えなかった。

母がずっと父と別れたかったことを知っていたから。それを自分から切り出すことができないこともわかっていた。だから何も話さずに、母の希望を叶えた。

半年後、母は父から数百万の財産分与を受けて離婚した。

男は信じられない、というのが母の口癖になった。優子は気をつけてね、と。それなのに私が三十代になると、しつこく結婚を勧めてきた。早く孫が見たいわ、と繰り返した。男が信じられないことと孫が見たいということが、母の中で矛盾していないようだった。けれども私が四十歳を過ぎると、ぱたりと結婚の話題が途絶えた。期待に応えることができないまま、二年前に母は病気になった。彼女は介護施設に入り、私はアパートでひとり暮らしている。母の介護費用と自分の生活費で、家計はいつもぎりぎりだ。


「馬、どうだった?」

麦倉に問われ、我に返る。私が黙っていると、彼が赤茶けた唇を開く。

「あんた……馬より無口だな」

私は、苦笑いを返す。

「あいつ……きっとあんたのことが好きだよ」

彼が私を？　フェイクレザーのレンタルブーツを握る手に、力がこもる。

「見てりゃわかる」

麦倉が、にやけながら将棋盤に目を戻す。盤上では裏返された桂馬が、いつのまにか王を追い詰めている。

「……あいつが鼻先を触らせたのはあんただけだ」

麦倉が私を見て、金歯を見せる。キシシ、と笑う声がクラブハウスに響いた。

「いつでも会いに来な」

自然と口元が綻んだ。

次の土曜の予約を入れて、乗馬クラブを後にした。


近所のコンビニエンスストアで買い物を終えアパートに帰ると、スマホが震えた。見知らぬ番号なので放置して、豆腐と納豆、ヨーグルトを冷蔵庫に詰めていく。レジ袋が空になると、スマホが留守電メッセージを預かっていることを知らせる通知が届いた。

「……丑尾です。瀬戸口さん、大丈夫ですか？　体調崩してお休みされたと聞きました。なにか差し入れでもと思ったのですが、よく考えたら、ご自宅を知りませんでした。ははは。こんな事もありますし、今度宜しければ」

電子音が丑尾の言葉を断ち切ると、静寂が訪れる。

まだ膝から下がうわつき、指先が火照っていた。

食事を作る気にもなれず、床に寝転んでスマホを見る。

「みんなスマホは子供の教育上よくないとか言ってるけど、コミュニケーション能力は上がっていると思うんだけどな」若い起業家がSNSでつぶやいていた。「こんなに人間が言葉を使っている時代はかつてないんだから。本なんか読まなくても、スマホを見ているだけで充分だと思う俺であります」

「その考え方は危ないです。言葉は、すでに私たちのものではない」返信するかたちで女性の精神科医が反論している。「SNSに組み込まれた人工知能は、わざと人間同士を争わせて集客している。私たち人間は、言葉を取り戻さないといけないんです」

ほんそれ、出た陰謀論、お前らのことで草、喧嘩をやめて。各々のコメントにレスが付いている。わかり合うために発明された言葉が、我々はどこまでもわかり合えないということを今日も教えてくれる。悪者にされている人工知能が、どこか気の毒に思えた。彼らは、ただ命じられたことに対して従順に働いているだけなのに。

スマホを置き、目を閉じた。

静けさを味わいつつ、大きく息を吸って吐く。

私の呼吸に合わせるように、馬のそれが聞こえてくる。

ドゥダッダ、ドゥダッダッダ。

私は口ずさむ。

ドゥダッダ、ラッダドゥダッダ。

歌いながら、彼の逞しい背中の躍動を感じる。


「……優子さん？　大丈夫ですか？」

誰かに背後から肩をゆすられた。

「優子さん？」

藤井の声で我に返る。トゥルルル、トゥルルル。総務部の電話が鳴っていた。いつもそれを取るのは女性社員の役割なので、ベルは鳴り続ける。唖然としている私の顔を、藤井が覗き込む。

「体調どうですか？」

大丈夫です、と私が頷くと、電話が鳴り止んだ。そうだ、これは夢ではない。私が口角を上げて平気であることを伝えると、藤井はほっとしたように笑い、横に視線を送る。

「昨日は大変でしたよ……」

隣に座る美羽は、一心不乱にスマホをいじっている。ピンク色に塗り直された長い爪が、ガラスに当たりカチカチと音を立てる。

「ほんとに優子さんがいないと回りませんね、ここは」

頼りにしてます、と藤井が言い残して去っていくと、入れ替わるように美羽が椅子を滑らせて隣に来た。

「聞いてくださいよー、昨日ほんとに大変だったんです」

藤井の様子を気にしつつ、続ける。

「なんか、優子さんがいないからって部長がお弁当配るのについてきて。だけど全然使えないの。クレーム対応のメールもまたこっちに押し付けてきて……」

私は美羽に同情するように苦笑いを見せた。似た文句を言い合っていることに、ふたりは気づいているのだろうか。目の前の電話のベルが、再び鳴り始める。

ドゥダッダ、ドゥダッダ。

呼応するように、馬の足音が耳元でこだまする。


「瀬戸口さん？　あの……瀬戸口さん？」

〝坂巻造船労働組合〟の赤い旗の横に立ち、シュレッダーに古い組合員名簿をかけていた丑尾が、私を呼んでいる。

「まだ具合悪いですか？」

丑尾に問われた私は慌てて首を振り、現金出納帳の入力を再開する。切手代９００円、懇親会交通費２７００円。いつのまにか、労働組合のプレハブ小屋にいた。

「今日は早めに帰ってくださいね。今月分の締めの作業を週末にやるなら僕も出ますので、遠慮なく言ってください」

丑尾は昨夜の電話のことなどまるでなかったことのように話すと、たばこを吸いに外に出ていった。また立て付けが悪くなったのか、何度か押し引きを繰り返したのちに、やっとガラス戸が閉まる。

ひとり事務室に残された私はブラインドのすきまに目をやる。建造中の鉱石運搬船の上で、クレーンがその首をゆっくりと動かしている。

時間を盗まれたような、不思議な一週間だった。

ドゥダッダ、ドゥダッダ。

暮れなずむ空の中でシルエットになったクレーンを見ていたら、メロディが口からこぼれた。


ドゥダッダ、ラッダドゥダッダ。

国道の先から射し込む朝陽を顔に受けながら、スクーターの上で私は口ずさむ。

昨夜はほとんど眠れなかった。ずっと夢の中にいるような気分だけれど、目は冴えている。

がらんとしたホームセンターとスーパーマーケット、並び建つ和食と洋食のファミリーレストラン。中古車販売店に潰れたパチンコ屋。

ドゥダッダ、ラッダドゥダッダ、ドゥディドゥディドゥダッダ。

ささやきは、次第に歌になっていく。

交差点が見えてきた。

私は迷わずハンドルを左に切り、水色の看板のコンビニエンスストアの角を流れるように曲がった。そのまま田園の一本道を走っていくと、獣の匂いとともに麦倉乗馬倶楽部が見えてきた。

黒い馬の姿を求めて、柵の向こうに目を凝らす。

見つけた。

馬場の中で、逞しい馬体が駆けている。だが、その背上には誰かが乗っていた。

誰なのだろうか。訝しみつつ、スクーターを降りて白い柵に近づく。

「上手ねえ」馬場の向かい側で、金ボタンが付いたジャケットを着た女がため息をつき、

「ほんとに素敵」と、揃いのジャケットで隣にいる女がスマホカメラを馬に向けている。

カメラの向こうでは、御子柴が黒い馬を乗り回していた。

「さすが御子柴さん」「イケメンくんとお似合い」女性たちがおだてる。御子柴が馬上で腰を浮かすと、黒い馬が鼻を鳴らし駈歩《かけあし》になる。私は視線を送るが、気づいていないのか、

彼は目の前を通り過ぎていく。

「悪いな」

ナイロンジャケットを羽織った麦倉が杖をつきながらやってきて、私に声を掛ける。

「あいつ、今日はもう無理だ」

ずっと鳴っていたメロディが止まった。私が乗るはずだったのに。非難を込めた目で麦倉を見た。

「御子柴さん、ここんとこ毎日あいつに乗ってんだよ。そろそろ休ませないと、また怪我しちまう」

馬場を駆けている黒い馬の鼻息が荒い。悲鳴のような嘶きが場内に響く。

彼は嫌がっている。助けてあげないと。祈るように見つめていると、麦倉が苦笑した。

「あの人いろいろ有り余ってっから……乗りすぎちゃうんだ」

御子柴が柵の外にいる私に気がついて、笑顔で手を振ってきた。

胸が苦しくなり、酸っぱい唾液が口の中を満たしていく。どこか懐かしい酸味だった。

私はその記憶をたぐり寄せようとするが、どうしても思い出すことができない。

ひとしきり乗り回したあとに、やっと御子柴は彼から降りた。

「ありがとね、グランデくん」

しつこく彼の首を撫で回すと、待っていた麦倉に馬を引き渡し、馬場から出ていく。そのとき御子柴と目が合った。今度は反射的に口角を上げたが、彼女は私など見えなかったかのように目を逸らし、クラブハウスに向かって歩いていく。相性バッチリね、きっと馬が合うのよ、取り巻く女たちが御子柴のあとをついていく。

「ちょっとあんた」

麦倉が、厩舎から私を呼んだ。

「こっちだ」

手招きされ、屋根が傾いた厩舎に入る。馬の体臭と乾草の匂いが混じり合い、鼻腔をくすぐる。厩舎のうす暗さに目が慣れると、奥の馬房にいる黒い馬が見えた。

ずいぶんと長いこと乗られていたからだろう。腹は激しく収縮し、苦しげに息を吐き出している。

麦倉が厩舎の脇に積んであるダンボールから、りんごを取り出す。

「あげてやれ」

私は差し出されたりんごを両手で受け取る。その赤に惹かれるように、黒い馬が近づいてきた。

食べたい？

私がりんごを彼の鼻先に差し出すと、首を伸ばしてくる。

どうぞ。

彼の口が開き、りんごが嚙み砕かれる。華やかな香りが馬房に広がり、他の馬たちが鼻を鳴らすのが聞こえた。

もっと欲しいと、彼の歯がりんごを求めて迫る。

刹那、痛みとともに指先が痺れた。中指が赤く腫れ、彼の歯形が残った。咀嚼音に合わせて、私の脈拍が速まる。彼と同じものを食べたい。そんな欲求に駆られた。

「あの人、すぐに欲しがるんだよ」

麦倉の声が、厩舎に響く。

「そいつと、あいつも御子柴さんの馬だ」

麦倉が、奥の馬房に杖を向け左右に振る。毛並みの良い、栗毛と芦毛の馬がじっと佇んでいる。

「暇だし、金もあるからな。車はポルシェだし、競技服はエルメスだ。馬モノには目がない」

先ほどの酸味が、口の中に戻ってきた。暗い馬房の中で、麦倉が濁った黒目を私に向けた。

「買われたら、もう乗れない」

脈拍がさらに上がる。ここに来れば、いつでも彼に乗れるのだと思い込んでいた。黒い馬が、鼻先を私の体に押し付けてくる。まだ苦しそうに、息を切らしている。彼の潤んだ瞳が、私を求めている。

「……四百五十万と、預託料が月々二十万」

麦倉がひとりごとのように言った。

「どうする?」

馬のからだは小刻みに震えていた。呼応して、彼に触れている私の指も震える。

「まあ……こっちも、誰にでも売るわけじゃない」

思わず色褪せたリュックサックを抱きしめるようにして隠した。私は彼にふさわしいのだろうか。襟元がくたびれたシャツを着て、汚れたスニーカーを履き、いまにも壊れそうなスクーターでやってくる女でいいのだろうか。彼はこんなにも艶やかで気高いのに。手に残ったりんごのかけらを馬の口に押し込むと、逃げるように厩舎を出た。

「瀬戸口さんー?」

クラブハウスから麦倉の妻が私を呼ぶ声が聞こえたが、振り切ってスクーターのエンジンを掛ける。

アクセルを回し田園の一本道を全速力で走り、消費者金融の無人契約機の角を左に曲がった。土砂を積んだ大型トラックが行き交い砂埃が舞う国道を、スクーターでひた走る。潮の香りがして、粉塵の先に海が見えてきた。

工場に着くと錆びた屋根に覆われた駐輪場に赤いスクーターを停め、足早に本館を目指す。いつもはぎっしりと自転車とスクーターで埋まるそこも、今日はがらんとしている。

工場は、まったくひとけがなく静かだった。ギーン、と鉄板を切断する音だけが、遠くから聞こえている。最近導入された人工知能制御の機械が、休みの日も働き続けているのだ。早晩、私のような人間は必要とされなくなるのだろう。目を上げると、海沿いに並ぶクレーンが見える。休日のそれらは、まるで死んでしまったかのように動かない。

買われたら、もう乗れない。

麦倉の言葉を反芻する。馬に乗って駆ける御子柴の姿が脳裏をよぎった。御子柴に手綱を握られた彼の黒い瞳が、助けを求めるように私を見つめている。

息を切らしながら総務部の壁にかかったキーボックスを開けて、自転車の鍵を取る。本館を出てプレハブ小屋に向かおうとしたそのとき、鉄の裁断音に紛れて、動物が鳴いているような声が聞こえた。

立ち止まって、辺りを窺う。

また鳴き声が聞こえた。

声の出どころを探し、総務部のドアを開け廊下に出る。

コンテナ運搬船、鉱石運搬船に液化天然ガス運搬船。それぞれ一メートル近くある精密な模型船が飾られている長い廊下を歩いていく。

空調が効いていない休日の本館は蒸し暑く、すぐに背中が汗で濡れていく。廊下の突き当たりにある応接室から、その鳴き声は断続的に聞こえてくる。燕脂色のリノリウムの床を踏みしめ、足音を立てずに近づく。

私は応接室のドアノブに手をかけ、ゆっくりと回した。少しだけ開いた扉のすきまから、中を覗き見る。

肌色のなにかが、ソファの上で蠢いていた。

額から滲み出る汗を拭い、目を凝らす。

そこにいたのは半裸の男女だった。犬が唸るような声を出して男が動くと、女が嬌声を漏らす。呼吸が乱れ、脈管の流れが速まる。

カーテンの切れ目から差し込む光が、絡み合う藤井と美羽を照らしていた。

黒革のソファに四つん這いになった美羽が、だらしなく口を開けて喘いでいる。その背後から、藤井がリズミカルに腰を打ち付ける。

ドゥダッダ、ドゥダッダ。

気づくと、リズムに合わせるように口ずさんでいた。震える手でスマホに手を伸ばす。ポケットの中をまさぐり、なんとかそれを摑むと、カメラを起動させ、ドアのすきまから見える肌色にレンズを向けた。

赤いボタンを押すと、ポンとスマホの録画音が鳴る。気づかれるのではないかと息を呑んだが、その音は美羽の鳴き声でかき消された。

小刻みに揺れる画面の中で、絡み合う動物の様をじっと見つめる。腰を打ち付ける藤井の背中は汗で濡れ、美羽の白い太ももが波打って揺れる。

ドゥダッダ、ラッダドゥダッダ。

目を瞑る。馬に触れたときの感触がよみがえってくる。彼の逞しい筋肉の躍動、甘い獣の匂い。美羽の喘ぎ声と重なるように、甲高い馬の嘶きが耳の奥でこだまする。

私はドアを勢いよく押し開けて、中に足を踏み入れた。

スマホを片手に突然部屋に入ってきた私を認めた美羽と藤井は腰を抜かし、床を這って逃げまわる。やめて！　美羽の金切り声が応接室に響く。違う、違うんだ。藤井の声が震えている。私はレンズを向け、逃げ回る裸体を追いかけ回す。ふたりの滑稽な姿に、笑いがこみ上げてきた。鉄が切断される耳障りな音が、ひときわ大きくなる。私は笑い続け、馬の嘶きがそれに重なる。

美羽の悲鳴で、我に返った。

藤井が激しく腰を打ち付けると、美羽は上半身を反り返らせてオーガズムを迎えた。ふたりの荒々しい呼吸が、応接室の空気を湿らせていく。

ドアノブを握りしめたままの私の右手が、じっとりと汗で濡れていた。

震える指で、赤いボタンを押して録画を停止し、音を立てないようにドアを閉めて応接室を離れた。獣の声から逃げるように廊下を歩く。本館を出て自転車に跨り、力強くペダルを踏み込んだ。そのまま自転車でひとけのない工場の中を疾走する。海から吹き付ける風を感じると、馬の足音が耳元で響いた。

ドゥダッダ、ドゥダッダ。

プレハブ小屋に入ってからも、高鳴る鼓動が収まらない。光熱費、電話代、コピー代、交通費。月末の締め作業のために手元に集めた領収書をめくっていくが、数字がまるで頭に入ってこない。深呼吸してパソコンを立ち上げ、現金出納帳を見る。

685,002,174。

普段はまったく気にしていなかった数字が、目に飛び込んでくる。

繰越残高には、六億八千五百万、飛んで二千百七十四円とあった。

四百五十万と、預託料が月々二十万。

麦倉の濁った黒目を思い出す。

ドゥダッダ、ドゥダッダ。

馬の鼻息が、その足音が、耳元で響く。

厩舎の暗がりから、不安げに彼が私を見つめていた。

大丈夫。

心の中で彼に応える。

ドゥダッダ、ラッダドゥダッダ。

私以外に、ここの会計を見ている人間は、いない。

いまだけ借りて、すぐに返せばいいのだ。帳簿を書き換えれば、誰も気づくことはない。

私は九年間ずっと、皆がやりたくない仕事を押し付けられてきた。これくらいのことは許されるだろう。ちゃんと返せば、なにも問題はない。

キーボードを打ち、飲食費の件数を増やし、金額を書き換えていく。丑尾の前の書記長はキャバクラ好きで、交際費が桁違いに多かった。飲食の金額が数百万増えたところで、誰も気づくことはないだろう。繰越残高がちょうど良い按配になったことを確認すると、私は椅子から立ち上がった。背後に置かれた金庫の前にしゃがみ、五九六三とダイヤルを回す。ガチャリと音がして、重い扉が開いた。

金庫の奥に重ねられた札束が目に入る。いざそこに手を伸ばそうとすると、指が震えた。

これは罪だ。

私の心が叫んだ。幼い頃から、悪いことをしてはいけないと母親からきつく言われてきた。万引きはおろか、信号無視すらしてこなかった。

私にこんな大それたことはできない。

座り込んだまま動けないでいると、ふぅ、と息を吐く音が私の真後ろから聴こえた。枯草と乳が混じり合ったような匂いの息が、肩にかかった私の髪を揺らす。夢の中に取り込まれてしまいそうで、振り向くことができない。コツコツと床を蹄が叩く音がして、気配がさらに近づく。私の背中を押すようにもう一度、ふぅ、と息が吹きかけられた。

たちどころに指の震えが収まり、ひんやりとした鉄の箱の奥へ一気に手を伸ばした。素早く六つの札束を抜いて、リュックサックに入れる。六百グラムの重みで、だらしなく伸びた薄いナイロンのそれを背負いプレハブ小屋を足早に出る。

ふと誰かに見られている気がして辺りを見回すと、私の背後に広がる深紫の空に巨大なクレーンが屹立していた。いつもと違ってまったく動かないクレーンたちは、眠っている怪獣のようだった。私はそれらを起こさぬように、静かに自転車を漕ぎ出した。

第二章

落ち着いたベージュでまとめられた店内に、発色の良いオレンジやピンク、ターコイズブルーのシルクスカーフが飾られている。木製のショーケースには、なめらかな子牛の革で仕立てられたバッグが並ぶ。そのどれもが百万円は下らない。細長い瓶に入った香水が、店内にロータスフラワーの香りを漂わせていた。光沢のあるワニ革のバッグを手にした老婦人や、頭からつま先までラグジュアリーブランドに身を包んだアジア人客たちの間を抜けて、奥にあるエレベーターに案内される。履きなれないハイヒールの踵で毛足の長いじゅうたんを踏みながら、シルクスカーフを首に巻いた女性店員の後に続いてエレベーターに乗った。

高層ビル群を望むフロアで降りて大きな革張りのソファに座ると、すぐに炭酸水がテーブルに置かれた。パチパチと水泡が弾ける音がする。三ヶ月前にこの店で買ったキャメル色のロングコートを着たまま、グラスに口をつける。コートの中が量販店の襟シャツとスキニーパンツであることが見抜かれないか、気がかりでならない。

初めて来店した時は、ろくに相手にされなかった。けれども、三十万円を超える乗馬用のブーツや、いずれも十万円は下らない鞭、頭絡《とうらく》や馬着《ばちゃく》などを買い集めていくうちに〝馬主〟として顔を覚えてもらい、先月からは担当がつくまでになった。

ブラックスーツを着た長身の男性店員が、身の丈半分ほどのオレンジ色の箱を抱えてやってきた。

「ご注文いただいた御品です。ご確認されますか？」

私が頷くと、店員はテーブルの上に大きな箱を置き、白い手袋をした手で中を開けて微笑んだ。

「とても綺麗に仕上がっております」

馬と馬車が刻印された箱の中を覗き込む。艶やかな黒い革がゆるやかなカーブを描いて箱に収まっている。

なめされたばかりの革の香り。それは、どこか彼の匂いに似ていた。

三ヶ月前のあの日、私は重くなったリュックサックを背負って彼に会いに行った。

朝九時前の麦倉乗馬倶楽部は、静まり返っていた。クラブハウスにはまだ誰もおらず、馬場にも馬は出ていない。逢い引きのような気持ちで、厩舎に入った。暗い馬房の中で、馬たちが無心に乾草を食んでいる。茎を噛み砕く音と荒々しい鼻息に囲まれながら、彼がいる馬房に近づく。麦倉が左手で杖をつき、もう片方の手で黒い馬体にブラシをかけていた。馬たちの中でもひときわ美しいシルエットがこちらを向くと、低い嘶きが聞こえた。

待ってた、と伝えるような彼の声が、私の気持ちを後押しする。私は間違っていない。リュックサックの中に放り込まれた札束の角が、背中に当たっている。後ろめたさと奮い立つ気持ちが混じり合い、指先が震えた。

黒い馬の鼻先に手を伸ばす。彼が首を下げ、小刻みに震える指に鼻をつけた。

あたたかい。

すべてを赦されたような気がして、吐息が漏れた。

迎えにきたよ。

私が伝えると、応えるように馬が鼻を鳴らす。

気持ちが、はっきりと伝わってくる。彼は、私をずっと待っていたのだ。

私たちの姿をじっと見ていた麦倉は、ブラシをバケツの中に放り込み厩舎を出ていく。

私はリュックサックを背負い直し、後を追った。麦倉は杖をついているのに歩くのが速く、なかなか追いつくことができない。

クラブハウスに着くと、ソファに向かい合って座り、麦倉に金を渡した。四百五十万円。麦倉は札束の帯を外し、第一関節が外に曲がった人差し指を舐めると、一枚一枚それを数え出した。かつての自分の勇姿を捉えた写真を背負い、いちにいさんしい、と札をめくっていく。私は窓の外からかすかに聞こえる嘶きに耳を澄ませながら、次から次へとあらわれる〝10000〟の文字をじっと見ていた。

「どうする？」

いつのまにか、金を数え終わっていた麦倉に問われた。

なにを？

口角を上げて、問い返す。

「名前」

ぶっきらぼうに言うと、麦倉は杖をついて立ち上がった。そして受付横に置かれた書棚にある、色褪せたファイルを手に戻ってきた。綴じられていた血統登録証明書と馬名登録通知書を受けとる。血統、生年月日、品種とともに〝グランデストラーダ〟と彼の名前が書かれていた。

グランデストラーダ。

繰り返してみたが、いかにも競走馬らしい名前が彼には不似合いに感じた。

「名前は、馬主がつけられる」

心中を察したかのように、麦倉が告げた。

私の馬の名前。

どんな言葉を選べばいいのか、想像もできなかった。穴が開くほど書類を見つめていると、こりゃ夜までかかりそうだな、と麦倉がボールペンを手に取って、馬名登録通知書のグランデの文字に打ち消し線を引いた。

「ストラーダ」麦倉が読み上げた。「イタリア語で道、って意味だ」

ストラーダ。

私は、その名前を声に出さずつぶやく。

「あんたらのなれそめは、国道だろ」

中古車販売店とパチンコ屋に挟まれた道の真ん中に立つ、彼の凜々しい姿を思い出す。

ストラーダ。

またしても運命に導かれた気がして、何度もその名前を反芻した。

新しい名前を記したネームプレートを手に、麦倉と並んで厩舎に入る。

「きみぃ、待っててくれたの？」

御子柴が馬房の前に立ち、なれなれしく彼の首を撫でていた。私たちの足音に気づくと、彼女はこちらを向いた。私を認めると、挨拶がわりに目を細め、麦倉に視線を移す。

「ねえ麦倉場長。私決めたの……」

朱色の口紅が引かれた唇がひらき、甘えた声が漏れる。

次に発される言葉を予感して、息を呑んだ。隣で麦倉は彼女の申し出を待つかのように、目を瞑っている。

もし御子柴が欲しいと言ったら、私と彼女で競り合うことになるのだろうか。きっと御子柴は、私より高い金額を出すだろう。そのとき私は勝てるのだろうか。あのひんやりとした金庫の中に再び頭を突っ込み、札束を鷲摑みしている自分の姿を想像すると途方に暮れた。

「この子をね……」

青ざめていく私を嘲笑うかのように、御子柴の朱唇がまたひらく。

「そいつは、こちらの瀬戸口優子さんが買ったよ」

軋んだ声が、続く言葉を遮った。

「……あぁ、そうなんだ」

御子柴は貼り付けた笑顔のまま、ゆっくりと私に視線を戻す。目を合わせることができず、彼女の耳で揺れる蹄鉄を模した金のピアスに焦点を合わせる。

「優子さんも見たのね」

御子柴に問われ、曖昧な笑みを返した。

「馬は、私たちに夢を見せるの」

黒い馬の首を撫でながら、御子柴は続けた。その手つきはもはや、どこかよそよそしい。御子柴から逃れるように、彼が首を振る。漆黒の瞳が私を捉えた。台所に立つ、黒い馬の姿が脳裏をよぎる。

「……ですよね？　場長」

そうつぶやいて踵を返すと、アレクいこ、と御子柴は栗毛の自馬を馬房から連れ出し、手綱を引いて厩舎から出ていった。

「おめでとう。今日から、こいつはあんたの馬だ」

麦倉が犬歯に嵌《はま》った金歯を見せて笑う。

私の馬。

麦倉が〝ストラーダ〟と書かれたプレートを馬房の入り口に掲げると、彼が私に首を寄せてきた。

ずっと待っていた、と伝えるかのように鼻を鳴らす。

ストラーダ。

初めて、彼を名前で呼んだ。

応えるように黒い馬が嘶く。気に入った、と私に伝えるように。

刹那、周りの馬たちが一斉に嘶いた。金管楽器の合奏のように、厩舎の中で高らかに鳴り響く。馬たちの嘶きが呼び込んだのか、暗い馬房に力強い朝日が差し込んできた。眩しさに、思わず目を細める。純白の光線が、私とストラーダを照らしていた。

ストラーダを馬房から連れ出して、鞍上に乗る。彼に跨って、その腹を足で押すと馬が首を高く上げて、歩き出す。

ドゥダッダ、ドゥダッダ。

手綱を緩めると、常歩《なみあし》から速歩へと加速する。馬体を巡る熱い血流が、私の内ももに感じられる。背中の筋肉が盛り上がり、軽快な蹄の音が耳に届く。

ドゥダッダ、ラッダドゥダッダ。

馬の荒々しい呼吸と私の吐息がシンクロして、メロディが体内から溢れてくる。私の歌に応えるように、ストラーダが甲高く嘶く。

栗毛の馬に跨った御子柴や、くたびれた馬に乗った取り巻きの女たちが、こちらに羨望のまなざしを送る。誇らしさと、悦びで、歌声が高まる。

ドゥダッダ、ラッダドゥダッダ、ドゥディドゥディドゥダッダ。

彼の悦びが、私の心の中に流れ込んでくる。一緒に生きていこう。私が思うより少し先に、それは彼から流れ込んできて、互いの心を循環する。あらかじめそのことが定められていたかのように、私たちは一体になる。

私はやっと、信じられるものをみつけた。決して、私を裏切らないものを。

腰を浮かせ、腕を前に出す。

行こう。

私と彼の声が心の中で重なる。ストラーダは荒々しく鼻を鳴らすと、速歩から駈歩となる。

ドゥダッダ、ドゥダッダ。

私たちは、声を合わせて歌う。


カタンカタンと、電車が走っていく音で我に返った。

ガラスブロックの外に見える高架で、青と緑の電車がすれ違っていく。

「わたくしどもは十九世紀に馬具工房として創業しております。ですから、この品を買っていただくお客様は特別なんですよ」

白い手袋をした店員がマジシャンのように、仕立てられたばかりの鞍をオレンジの箱から取り出してテーブルに置いた。なめらかな革に白いステッチが施された馬具は、なまめかしい曲線を描いている。

私はステッチに沿って、鞍を撫でる。艶やかな黒は、彼に似合う。きっと喜んでくれるはずだ。

御子柴は栗毛のアレクにも芦毛のローズにも、このブランドの馬具を着けていた。馬場で並んで駆けていると、ストラーダがいつまでも見すぼらしい馬具なのが気になっていた。悔しい思いをさせているのが歯痒かったが、上等な馬具をこつこつと買い集め、ついに鞍まで揃えた。すぐにでも彼のところに行って、着けてあげたかった。

「もしよろしければ、お客様のバッグもどうですか？」

唐突な申し出に困惑し口角を上げると、私の隣に控えていた女性店員が続けた。

「実はこちらの鞍と同じ革でつくられたものがございまして……」

そう言いながら彼女は、金色の錠前が付いた黒い革のバッグを差し出した。ショーウィンドウに飾られているものと似ていたが、それよりもひとまわり大きい。

「わたくしどもの代表的なデザインなのですが、こちらはもともと馬の鞍を入れるためのバッグとして作られていたものなんです」

女性店員は、ぜひ、とバッグを手渡してくる。目の前の大きな鏡に、鞍と同じ革のバッグを手にした私が映っていた。

「素敵。お似合いです」

心が浮き立つのと同時に、えもいわれぬ恥ずかしさを覚えた。馬とお揃いのバッグを意気揚々と持ち歩く女など、きっと笑い種だろう。自分のためにお金を使うことにも、どこか引け目を感じた。

「昨今このバッグは希少で、なかなかお譲りすることが難しいのですが、馬具を当店で揃えていただいたご縁もありますし、いかがでしょうか」

女性店員はこちらを見て、私の背中を押すように微笑んだ。私は笑みを返し、安物のシャツを隠すようにコートの襟を抑えた。

ドゥダッダ、ドゥダッダ。

黒いなめらかな革のバッグを見つめていると、鼓動が速まりため息が漏れた。


「……戸口さん、瀬戸口さん」

背後から丑尾の声が聞こえて振り返った。

「あれおかしいな……」

いつのまにか丑尾が私の背後にある金庫を開けて、中を覗き込んでいた。息を呑み、髪が薄くなった後頭部を凝視する。

「なんでだろう……」

丑尾の低い声が、金庫の中で反響している。

「だいぶ現金が減ってますね……」

振り返った丑尾と目が合う。同意と困惑を併せたような笑みを返す。

「急ぎませんが、組合の口座からおろして金庫に補充しておいてください。現金の精算も多いですから」

　私が息を吐き出し頷くと、彼は私をじっと見つめた。目を合わせていることができず、彼の背後にある坂巻造船労働組合の赤い旗に視線を移す。旗の角が壁から剝がれて、だらしなく垂れていた。

「では、また月曜に」

　丑尾は荷物をまとめて擦り切れた革のバッグを手に持つと、薄いガラス戸を開けて事務室から出ていく。何度か引いたり押したりしたのちに、立て付けの悪いドアがやっと閉まった。事務室から音がなくなると、私はブラインドのすきまから見えるクレーンに目をやる。五つ並んだ鉄の首が、馬が草を食むかのごとくゆっくりと上下していた。

　私は立ち上がり、金庫の前にしゃがみ込むと、ごくろうさん、と呪文を唱えるようにひとりごちながら解錠する。中を覗くと、二十ほどあったはずの札束は残り三つとなっていた。

　ストラーダを自馬にするためのお金に加え、餌代にワクチン代、軽運動やマッサージ代、獣医師診療費、装蹄費、そして高級馬具と費用が嵩んだ。彼のために、と思うと歯止めが利かず、気づけば金庫にあったお金をほとんど使ってしまった。さりとて、毎月の預託料を払い続けなければいけない。

　これが最後。

そう念じて札束をふたつ手に取ったとき、瀬戸口さん、と呼ばれた。

息を止め、首だけを捻って振り返る。

丑尾が半開きの戸から、顔を覗かせていた。

「あの……このあと食事どうですか？」

微笑む彼の後ろには、うすむらさきの空に首を伸ばすクレーンが見える。

「予定ありますか？」

私は、札束を持った手を金庫の奥に突っ込んだまま二度頷く。

「そろそろ金庫の番号変えないとですね……」

丑尾はブラックホールのごとく開いた金庫の奥の闇に目をやると、ごくろうさんです、とドアを開けたまま去っていった。半開きの戸から、潮風が吹き込んできて黄ばんだブラインドを揺らす。

血のような鉄の匂いが鼻に届くと、私はその場にへたりこんだ。早く返して、すべて元通りにしなくては。手にしていた札束を戻し、金庫の扉を閉める。

厚い鉄のそれが、いつもより重く感じた。


チェーン店の回転寿司屋にラーメン屋、個別学習塾に葬儀屋。要素を少し入れ替えただけの国道沿いの景色が、くすんだ色の線となって眼前を流れていく。

緑の看板のコンビニエンスストアと軽自動車の販売店に挟まれた信号が赤になり、スクーターを止めた。頭上に見える青い道路標識を見上げると、すでに隣の市に入ったことがわかる。自宅を出て四十分ほど走ったけれど、国道沿いの景色はループ映像のようにまるで変わらない。

子供の頃に見たアニメ映画を思い出した。

高校生たちが学園祭を明日に控え、泊まり込みで準備をしている。どんちゃん騒ぎの準備が進むが、いつまでたっても学園祭は始まらない。そのうち彼らは気づく。自分達が学園祭の前日を果てしなく繰り返しているということを。どうやらいま自分達がいるのは、妖怪に見せられている夢の中のようだ。夢は何度でもやり直しがきく。ループから出ようとする高校生たちを妖怪は諭す。夢から覚めなければ、それは現実と変わらない。ただ楽しめ、と。

「馬は、私たちに夢を見せるの」

御子柴の陶酔したような声とともに、国道の真ん中に立つ黒い馬の姿が脳裏をよぎる。

今私が生きているのは、ストラーダが見せている夢の中なのかもしれない。

しばらくスクーターを走らせていると、ソーラーパネルがびっしりと敷き詰められた平野が見えてくる。延々と続く青の中に、新築マンションのチラシに出てくるような白く四角い建物があらわれた。

だだっ広い駐車場の片隅に、スクーターを停める。二重に設置された自動ドアから中に入ると、芝色のリノリウムが敷かれたスペースが広がる。厩舎と同じ、獣の匂いがした。質素なクリスマスの装飾がなされたホールには、背を丸めて車椅子に乗った高齢者たちが二十人ほど、羊の群れのようにかたまり、ひとつのテレビに視線を送っている。私は背後から目を凝らし、ひときわ小さく丸まった背中を見つけると、おかあさん、と声を掛けた。けれども母は振り返らない。

「お連れしますね」

私の様子に気づいた顔見知りの女性職員がささやく。彼女は羊の群れの中に入っていくと、母の車椅子を押してホールの隅のベンチまで連れてきてくれた。

「ごはんまだかしら……」

私の顔を見るなり、母が言う。

「瀬戸口さん、さっき食べましたよ」

女性職員が微笑み、母の横にしゃがみこむ。

「おなかすいちゃったわ……」

納得がいかない様子で、母は眉間に皺を寄せる。

「じゃあ、お菓子取ってきますね」

女性職員は、立ち上がり事務室へと向かう。私は彼女に頭を下げると、母に向き直った。

「あなたいい手袋してるわね……」

あの店で買った、黒い革の手袋を母が見つめている。ここに入所してから彼女は、私となかなか目を合わせてくれない。

「私はね、橋爪《はしづめ》さんにお財布とられちゃったの。どうしよう……」

落ち着いて、と宥めるが、昂った母は無理やり車椅子を動かそうとする。

「……とられちゃったのよ」

車椅子を抑えるが、母は止まらない。おかあさん、お金は銀行にあるでしょ？　子供をあやすように話す私に、母は声を荒げる。

「どうして盗むの！」

私が問われているようで、思わず口角がはね上がる。笑顔を見た母は動きを止めて、こちらを見た。

「ゆうこ……？」

黒と白の境目が曖昧な瞳が、確かめるように私の目を覗き込んでいる。

そう、優子だよ。

「あらゆうこ、もう学校から帰ってきたの？　今日ははやいわね」

おかあさん……お金貸して欲しいの。

声をひそめて、母に告げた。

少しでいいの。

父から分与されたお金が、まだ銀行口座にあるはずだった。

「ゆうこ……いつ結婚するの？」

それは、と言いかけて口を閉じた。反論すると、この話題は長引く。

「孫のかお、はやく見たいわ」

ごめんね。何回も反復してきた謝罪の言葉が自然に出る。口座にお金、あるでしょ？

私いまお金が必要なの。懇願するが、母は私から目をそらしてつぶやく。

「……お財布どこにいっちゃったのかしら」

だから、盗られてないいって！　堪りかねて、声を荒げた。

苛立っている私を、母はきょとんとした顔で見る。しばらく押し黙ったあと、母はささやくように言った。

「……あのビラはうそなのよ」

唖然とする私に、母の顔が近づく。ガラス玉のような母の瞳の中に、黒い馬が見えた気がした。

「私わかってたの……マンションにはられてた浮気のビラ。あれはミヨコちゃんのうそなの」

母の震える声が、あの日私の前で麦茶のグラスを手にしていた美世子の姿を呼び覚ました。母はあのビラが彼女の虚言であることを、いつから知っていたのだろうか。

「でもちょうどよかったの。あの人と話すことなんてなかったし」

あの日、台所で口にしていたのと同じ言葉を母がつぶやいている。

「ゆうこ、ごめんね。ずっと黙ってて」

秘密を告白すると、灰色の瞳から涙が溢れ出した。まるで鯨が泣いているかのように、目尻に寄った皺のはざまを涙がゆっくりと伝っていく。

「ゆうこが全然しゃべらなくなっちゃって……寂しかったわ」

あのとき、台所に立つ母に真実を話していたら、私たち母娘はどうなっていたのだろうか。少なくとも私も母も、気持ちを分かち合うことを諦めずに済んだのかもしれない。ただ話せばよかった。でも、もう手遅れだった。母の視線が、再びさまよい始める。

「おかあさん、あなたにはちゃんと幸せになってほしいの」

ちゃんとした幸せとは、いったいどういうことなのだろう。私にはわからない。窓の外を見ると、そこにはソーラーパネルの平野が広がっていた。どこまでも見覚えのある風景。そっくりそのまま私の未来が、ここに置き換わっていくような気がした。


順列組み合わせの景色を遡りながら帰ってくると、陽が傾き始めていた。

煌々と光を放つ消費者金融の無人契約機とクリスマスのイルミネーションが光るコンビニエンスストアに挟まれた信号が赤になり、スクーターを止める。いつも耳元で鳴っていたメロディは、もう聞こえない。

憂鬱な気持ちでハンドルを左に切り、田園の一本道を走る。鳥たちの合唱は耳に届かず、甘い獣の香りもしない。くすんで見える麦倉乗馬倶楽部のクラブハウスの前にスクーターを停めて場内に入ると、馬場で誰かがストラーダに乗っていることに気づく。

メンテナンスの軽運動だろうか。

ストラーダを駆る乗り手を、目を凝らして見る。

騎手にしては珍しい白い肌に、細く高い鼻と奥二重の目。華奢な印象の顔立ちとはアンバランスな太い首が、アスリートであることを示していた。歳の頃は、三十代前半だろうか。白いナイロンジャケットを羽織り、裾が窄まった乗馬パンツに革のブーツを合わせている。彼に跨られたストラーダが、のびのびと駆けている。手練れの乗り手であることが、遠目からでもわかった。

引き寄せられるように馬場に近づくと、いつのまにか私の背後にいた麦倉が、中谷《しんたに》！と青年に声を掛ける。

麦倉に呼ばれた青年が、巧みに手綱を操りこちらに来る。

「綺麗な子ですね。頭もいいし、勘も良さそうだ」

慣れた手つきで、馬上からストラーダの首を撫でる。自分が褒められたみたいで、嬉しくなる。

私を認めたストラーダは低く嘶き、鼻先を伸ばしてくる。

「ふたりは通じあってるんだね」

青年が、ストラーダにささやく。思わず笑みが込み上げた。

麦倉が、青年を私に紹介した。中谷篤《あつし》。競馬から馬術競技に転身した選手で、かつてはオリンピック出場馬の調教を担当したこともある。このたび縁があって、麦倉乗馬倶楽部で軽運動や調教を頼むことにした、と。

「ストラーダとイケメン同士、相性がいいと思ってよ」

麦倉はそう言うと、金歯を見せて笑った。

「優子さん、もう少し乗ってもいいですか?」

中谷は馬上から許可を求めた。

私が頷くのと同時に、はっ! と彼の掛け声がしてストラーダが弾けるように走り出す。筋肉が収縮し、あっという間にトップスピードになると、馬場の中央に設置された障害物に向かって走っていく。白い土埃が、煙のように馬場に舞う。

まさか飛べるの? 息を呑んで、ストラーダの勇姿を見つめた。障害物の直前までくると、中谷が腰を浮かせて前屈みになる。いく、と声が漏れるのと同時にストラーダの筋肉が盛り上がり、その端正な脚が折りたたまれると、鮮やかに障害物を飛び越えた。凍てついていた五感が溶かされ、涙が溢れてきた。目に映る色彩がよみがえり、乾いた土の匂いを鼻腔に感じる。

ストラーダは旋回すると、再びハードルに向かう。まるで馬場から重力がなくなったかのように、黒く逞しいからだがふわりと浮き上がり、ハードルを越えた。スローモーション映像のように毛の長い尻尾がしなって、細い脚が柔らかく着地する。

こりゃ見事だ、と麦倉が感嘆する声が背後から聞こえた。

それが当たり前のことかのように、ストラーダが駆け、そして飛んでいる。私には見せない姿を目の当たりにして、中谷を妬む気持ちの内側から、得体の知れない欲望が湧きあがる。

それから二度、三度と華麗な跳躍を見せたあと、中谷は手綱を操り、私の元に戻ってきた。

「……僕が彼に乗りますよ」

夕日を背負った中谷は、息を切らすこともなく微笑んだ。改まった申し出の意味がわからず私が口角を上げると、麦倉が補足する。

「馬術大会に出て、ストラーダを勝たせるってことだよ」

困惑したままの私に、馬上の中谷が告げた。

「きっと彼なら、優勝できます」

ストラーダが優勝。思ってもいなかった望みに、胸が高鳴った。ストラーダは激しく息を吐き出しながら、私をじっと見つめた。

勝ちたい、と黒い瞳が訴えている。

競馬では挫折したストラーダが、馬術大会で脚光を浴びるかもしれない。私と一緒に、人生をやり直せるかもしれない。

「優子さん、どうですか？」

馬上にいる中谷が、切れ長の目をこちらに向けて訊ねた。

「そりゃ決まってるわなあ……」

私が応える前に、麦倉が笑う声が耳に届いた。


擦り切れた作業着と傷だらけの安全靴、埃まみれの頭巾と防塵マスクが、うなぎの寝床のような細長い部屋に所狭しと置かれている。

酸化した男の汗と鉄の匂いの中で、私は床に落ちている十字マークがついたヘルメットを拾い上げる。

「くっさ」

床に重なり合って置かれた溶接用のジャンパーをつまみながら、隣で美羽が顔をしかめている。

「なんでオッサンたちの後片付けを、私らがやんなきゃいけないんですかねー」

私は同意を示す笑みを返し、鍔が欠けたヘルメットを手に取る。使えなくなった備品を確認して、新しいものに取り替えるのは総務の仕事だが、その実は男たちが使ったものの後片付けに違いなかった。

「藤井部長とか絶対来ないじゃないですか。備品室がどんなアリサマかとか知らないんですよ」

女性差別で訴えてやるー、と美羽は口を尖らせ、穴の空いた作業着をゴミ袋に放り投げる。その横で私はヘルメットを棚に並べ、数をひとつずつ確認していく。言葉を交わさずとも、私と美羽の役割は自然と分かれる。

「そういえば、押し付けられそうなんです」

美羽の会話は主語や述語が省かれることが多い。私が解していないことを察して、彼女は続ける。

「労働組合の経理なんですけど」

え？　図らずも声が漏れ、手にしていたヘルメットを床に落とした。カラン、と間の抜けた音が備品室に響く。

「ずっと優子さんがやってた仕事ですよね？」

私が慌ててヘルメットを拾っている横で、お前どうせヒマなんだからやれって感じがムカックー、と美羽がふたたび口を尖らせる。私は壁を向き、そっとヘルメットを棚に置いた。

「やっぱ大変ですか？」

美羽の甘えた声が左耳に届く。私は並んだヘルメットから目を離さず、曖昧な笑みを浮かべた。視界の端で美羽は、汚れた備品でパンパンに膨れたゴミ袋を引きずりながら、やだなー私ぜったい向いてない、とため息をつく。

九年間、労働組合の経理の仕事を代われと言われたことはなかった。引き継いでくれる人もいなかった。この会社において、それははっきりと私に押し付けられた仕事だった。そのことに違和感をもつ人間は、誰もいないはずだったのに。もしかしたら丑尾がなにか、言いふらしているのか。

「でも、労働組合のお金で優子さんと旅行とか行けたら楽しそうー。福利厚生とかで、そういうのアリですかね？」

労働組合の口座から数回に分けてお金をおろして、半分を自宅に持ち帰り、残りを金庫に戻した。金庫の中の現金は元通りだ。現金出納帳も銀行通帳も、私だけが管理しているから誰も見ることはなかった。けれども美羽が経理として来るとなると、話が違ってくる。

銀行通帳や帳簿を仔細に見れば、不自然なことには気づかれる。

ぐにゃりとなにかを踏んだ感触がして、足元を見ると、油で黒ずんだ革の手袋がパンプスの下にあった。拾い上げると、錆びた鉄の匂いがした。鼻血が溢れてきたときのような吐き気を催して、慌てて鼻と口を抑える。

この部屋から逃げないと。

血の匂いがする手袋をゴミ袋に投げ捨て、床に落ちていたハーネスを乱暴に拾い上げた。ロープの先に付いた大きな金具が振り子のように揺れてコンクリートの壁にあたり、カンカンと耳障りな音を立てる。金具をむりやり抑えつけハーネスを壁のフックに掛けようとしたが、ロープが絡まっていることに気づく。苛立ちを隠しきれず、力任せにそれを引っ張ると、絡まった結び目がより固くなった。

「こっそり子犬とか買っちゃおうかな。もう一匹欲しかったんですよね、トイプー。仕事押し付けられてストレスたまるんだから、ちょっとくらいいねえ」

美羽は誰かの弁護をしているかのようにつぶやいたが、私の強張った顔を見て、やっぱだめか、と苦笑する。それから横に来ると、そっと私の手を握った。

「……犬のことは信じられるんです。男みたいに裏切らないし、話さなくても私の気持ちをわかってくれる」

美羽は、唖然としている私の手元から絡まったロープを引き取った。

「不思議なんですよ。私が寂しいなって思うと、こっちに来てくれる」

美羽のピンク色に塗られた爪が、固くなったロープの結び目を解いていく。私は器用に動くその指を、じっと見つめる。

「それに……お金を払えば必ず手に入るのが、いいですよねえ」

そうささやくと、美羽は同意を求めるような笑顔を私に向けた。


真っ白な雪を被った富士山を望む駐車場に、高級車が敷き詰められるように停まっている。そのうち三分の一ほどが、馬のエンブレムがついた車だった。それらの合間を歩いていくと、馬房にいるような気分になる。目を上げると〝御殿場馬術センター駐車場〟の看板が目に入った。〝駐〟という文字を見て、ここにも馬がいると気づき、思わず笑みが漏れた。

駐車場を抜け、階段を登ると目の前に障害馬術の競技場が広がった。乾いた北風が吹きつけ、広大な馬場の上に黄色い砂塵を巻き上げる。

白い柵で囲われたウォーミングアップ用の待機馬場には数十頭の馬がいて、それぞれが蹄跡《ていせき》をなぞって周りつつ、障害飛越の練習を繰り返している。青鹿毛《あおかげ》や白毛《しろげ》、栃栗毛《とちくりげ》など普段見ない色の馬もいる。どの馬も艶やかに輝いていて、よく手入れされているのがわかる。これだけ馬がいるのにもかかわらず、いつもの乗馬クラブのような獣の匂いがほとんどしない。

馬上の選手たちはみな示し合わせたかのように黒い馬術用ヘルメットを被り、タイトなジャケットに白いシャツとキュロットパンツを合わせ、革のブーツを履いている。あからさまに豪奢な馬と、凛とした騎乗者たちの佇まいに気後れした。

馬場を取り囲むスタンドでは、他の乗馬クラブの場長たちが険しい目つきで馬の様子を見ていた。いずれも日に焼けた精悍な顔つきの男たちで、どこか麦倉と似た雰囲気を漂わせている。選手の家族であろう観客たちは、みな上品な身なりで、ひとめで富裕層であることがわかった。

ふいに小学校の運動会の日のことを思い出した。晴れの舞台に、みなが妙に浮かれていて居心地が悪かった。徒競走では勝者と敗者が衆人の前ではっきりと分かれ、背が低く足の遅い私の惨めさを際立たせた。

口角を上げ、みずからを鼓舞する。

今日は大丈夫。ストラーダには、惨めな思いをさせない。今日のために私も彼も、洋服と馬具をすべてあのブランドで揃えた。他の馬たちに見劣りすることはないだろう。

「優子さん！」

手足の長い選手が、こちらに向かって駆けてくる。黒い乗馬用ジャケットを羽織った中谷は俳優のような佇まいで、自馬の応援に来ている女性たちの視線が一斉に彼に向く。ストラーダの騎乗者となる中谷にも、同じブランドのウェアを揃いで買い与えておいた。

「お待ちしてました。彼もお待ちかねですよ」

こちらです、と中谷に先導され馬場を左手に見つつ反時計回りに歩く。女性たちが、美貌の騎手の隣で歩く私に注目しているのがわかる。馬場の裏手にある坂を中谷に手を取られ登っていくと、ちょうどそこを降りてくる青毛の馬とすれ違った。その馬体はストラーダよりかなり大きく、鬣はまるで俳優のごとく編み込まれている。

「前回の優勝馬です」

中谷が私の耳元でささやく。青毛の馬と黒一色の騎乗服でまとめた若い選手、どちらもが値踏みするような目をこちらに向けている。やはり場違いに見えるのだろうか。

「あの青毛たぶんダメですね、物見《ものみ》しちゃってる」

思いがけない中谷の言葉に驚いた。

「今日のストラーダの上がり見たら、みんなビビっちゃいますよ」

そう告げると、中谷は綺麗に揃った歯を見せつけるように笑った。

五棟並んだ厩舎の前では、すでに競技を終えた馬たちが足を洗われたり、蹄を裏掘りされている。

「アレク……急にどうしたのよお……」

全身泥まみれになった御子柴が、汚れたグローブをした手で目尻を拭いつつ、栗毛の馬のからだにブラシをかけていた。申谷が再び私の耳元に口を寄せる。

「御子柴さん、馬場馬術の競技中に落馬したんです。アレクが急に荒れちゃって」

栗毛の馬は鼻を鳴らしながら首を大きく振り、蹄を乱暴にコンクリートの床に打ちつける。

「ごめんねぇアレク……私が下手だったからだよね……ごめん」

御子柴は首元にすり寄るが、それを拒絶するかのように馬の耳は後ろに倒れて閉じている。気にすることないって。御子柴さんは悪くない。応援に来ていた取り巻きの女たちが、交互に御子柴を励ましている。

「なんか……失恋間際みたいですね」

右耳に冷笑を含んだ声が届いた。見ると、申谷が薄い唇の端を上げている。釣られて私の口角が上がった瞬間、御子柴と目が合った。

「なに？」

さっきまでの涙が芝居だったかのような無表情になり、こちらを見てくる。

「そんなに面白い？」

「いえ……」

私の代わりに、申谷が応える。

「……中谷くん良かったね、スポンサーが見つかって」

頬に泥がついたまま、御子柴が貼り付けたような笑みを見せる。

「なんのことですか？」

「みんなわかってんだから。いくらもらってんの？」

御子柴の取り巻きたちが、私を冷ややかな目で見る。御子柴の視線は中谷に送られているが、その言葉は私に向けられている。


この三ヶ月で、麦倉乗馬倶楽部の奥にある使われていなかった馬場が障害馬術用に整備された。壊れていた柵は新しいものに変わり、障害飛越のハードルが設置された。つぎはぎだらけの柵で囲われた今までの馬場と比べ、それらは不自然なほど白々としていた。費用は言われるがままの値を払った。寄付した設備で、中谷は週三日ストラーダをトレーニングして、私は週末だけ彼に乗った。

「なんか、ホストとその客って感じ」

クラブハウスの横を通りかかったときに、開いた窓のすきまから、取り巻きの女が御子柴に話す声が聞こえたことがあった。

「え、私も思ってた」

もうひとりの女が相槌を打つ。まあイケメンだもんねえ。ほんと、馬も男も顔で選ぶタイプ。ふたりは笑い合う。

「ちょっと、そんなこと言ったら優子さんに悪いでしょ。でも私は、もうちょっとB専かなあ……」

たしなめる御子柴の声が、窓のすきまから漏れ聞こえた。

あの人たちは、わかっていない。

なにかを求めることを馬鹿にして、自分の不幸を紛らわせているだけだ。偽のビラを貼ってまわった美世子や、スマホで悪意を撒き散らす人間たちとなにも変わらない。誰かを貶したり見下したりしても、あなたたちが幸せになることはないのに。


「優子さん、行きましょう」

申谷が私の腕を取り、厩舎に引き込む。怒った？　ごめんね、スポンサーとか冗談だから気にしないでえ、と背後から御子柴の声が聞こえた。その声を振り切るように、薄暗い厩舎の中を進む。

出場を待つ馬たちが、荒々しく鼻を鳴らしている。冷たい空気に触れて、吐き出す息が次々と白くなる。黒い馬の姿を求めて、長い厩舎の通路を奥へと歩いていく。

私の足音に応じて、奥の暗がりから低い嘶きが聞こえた。ストラーダはいつも足音を聞き分けて、私のことを呼ぶ。

ここだよ。

はやる気持ちを抑え、中谷のあとをついていく。暗がりの中から、黒い瞳が私を捉えた。彼に見つめられるたびに拍動が上がり、ため息が出る。それは白くなり、しばらく暗がりを揺蕩《たゆた》ったあと、消えていく。

ストラーダの横には、ナイロンジャケットを羽織った麦倉が杖をついて立ち、片手で頭絡をつけながらなにかをささやいていた。前足を踏み鳴らしたり、首を左右に振っているほかの馬たちに比べ、ストラーダだけが奇妙なほど静かにそこにいる。

「……いい仕上がりだな。中谷」

馬装をし終えた麦倉が口を開く。

麦倉の珍しい賛辞に、中谷は謙《へりくだ》る。

「僕じゃなくて、この子を褒めてあげてください。競馬で速く走るために訓練されてたはずなのに、いまは完全にコントロールして走れるし、飛べる。ほんとに才能があります」

「青リボン、行けるんじゃないか？」

麦倉は軋んだ声で笑い、ストラーダの腹をぽんぽんと叩く。

「僕たちを信じてくれた、優子さんのおかげですよ」

中谷がその切れ長の目を細める。

先ほどまでの嫌な気持ちが晴れ、口元が綻んだ。ストラーダも嬉しそうに鼻を鳴らす。

私たちは顔を近づけ、笑い合う。

がんばってね。

カットしてタッパーに入れてきたりんごを、リュックから取り出した。ストラーダは私の指先ごとりんごを舐めると、器用に口の中に入れて噛み砕く。

彼のからだの臭いとりんごの香りが混じり合って鼻腔に届き、私の胸を満たしていく。

ドゥダッダ、ドゥダッダ。

歌が、耳元に戻ってきた。

私たちのメロディが、鼓膜を揺さぶる。


待機馬場に入ったストラーダが、からだを収縮させ軽やかに駆けていく。ウォームアップしていた他の馬が、その様に圧倒されているのがわかる。

ドゥダッダ、ドゥダッダ。

柵の外からストラーダの勇ましい姿を見つめながら、メロディを口ずさむ。まもなく競技時間であることを告げるアナウンスが場内に流れると、勝利を求めるかのようにストラーダが長い嘶きを響かせた。

ドゥダッダ、ドゥダッダ。

中谷が、ストラーダに乗って競技場に入っていく。私はスタンド席の最前列に座り、リズミカルに動く四肢を見つめる。司会者がスタートを告げた。中谷が鐙に足をかけ手綱を前に出すと、弾かれたようにストラーダが駆け出した。そのまま駈歩で楕円形の馬場を回ると、最初の障害物が近づいてくる。祈るように、彼の姿を目で追った。あの店で買った黒い革手袋は、じっとりと汗で濡れている。

中谷が腰を浮かせた。ストラーダの筋肉が盛り上がり、蹴られた土が飛び散ると、前脚そして後脚が地面から離れる。鞭がしなるように黒い馬体が美しい曲線を描き、緑色に塗られたハードルを飛び越えた。きれい。思わず声が漏れた。彼の鮮やかな跳躍に、スタンドの観客からも歓声が上がる。

どよめきに反応して、待機馬場を周回していた選手たちが一斉にストラーダへ目を向けた。私の背後に広がる芝生席では、各地の乗馬クラブの場長らしき男たちが睨むような目で戦況を見つめている。みな赤黒く焼け、白髪の頭にキャップをかぶり、小ぶりなキャンピングチェアに腰掛けていた。誰もがストラーダに目を奪われている。

ドゥダッダ、ドゥダッダ。

緑色のハードルに続いて、赤と白の縞模様、黄色そして虹色に塗られたハードルを、次々とストラーダが越えていく。その飛越に迷いはない。

ドゥダッダ。

離れていても、彼の悦びが私の心に流れ込んでくる。

ラッダドゥダッダ。

障害を飛び越えるたびに、歌が高まっていく。

彼に乗って、一緒に飛べないことがもどかしかった。だけど、それでもいい。今、私たちは同じ悦びを感じているのだから。

瞬く間にすべてのハードルを飛越したストラーダは、「クリアラウンド！」のアナウンスと会場の拍手とともに競技を終えた。

ドゥダッダ、ラッダドゥダッダ。

彼が嘶きながら、私のもとに帰ってくる。同時に、ストラーダの優勝を告げるアナウンスが会場に響いた。両腕を広げて彼に抱きついた私に、興奮した様子で中谷が言う。

「すごい馬です」

ストラーダの首に腕を絡ませたまま、私は頷く。私たちは、もっと上を目指せる。異を唱えるものは誰もいないだろう。

「でも優子さん、今のままだと難しい」

中谷が続けた言葉の意味が飲み込めず、口端だけが上がる。

「全国で勝つのは厳しいですね。僕は週の半分も乗れないし、あの乗馬クラブはまだまだ設備が整っていない。彼はもともと怪我をしていたわけだし、これ以上は追い込まず、時々こうやって小さな大会に出ましょう」

おかしい。ストラーダは、日本一を目指せる馬なのに。

私に同調するように、ストラーダが荒々しく鼻を鳴らした。寒空の中、二度、三度と息が白く吹き上がる。

大丈夫。私があなたを勝たせてあげる。彼の目を、じっと見つめた。

「どんどんお金がかかるねえ……」

私が応える前に、麦倉が笑いながらつぶやいた。


ドゥダッダ、ドゥダッダ。

目の前で、シュレッダーが紙片を切り裂いていく。

ダッダ、ダッダ、ダッダ。

組合研修旅行代213600円、懇親会89670円、事務室修繕費620000円。回転する刃と刃のすきまに数字が飲み込まれていく。

私が労働組合の経理に着任してから、それまで手書きだった現金出納帳や領収書をパソコン上のデータとして整理し、念のためにプリントアウトしたものもクリアファイルに入れて保存していた。いつか引き継ぐ人のためにと地道な作業を続けてきたけれど、私以外の誰の目にも触れぬまま十年が経った。

パソコンの中にある現金出納帳の数字を少しずつ操作すると、違和感なく金額の帳尻を合わせることができた。仕事終わりに労働組合の事務室に通い、紙の現金出納帳と対照する領収書を、古い銀行通帳とともにシュレッダーにかけていった。

破棄する九年分の書類の数は膨大で、この作業を始めてすでに三日が経っていた。だがそれも、もうすぐ終わる。紙の資料が消えれば、事務室にあるのは辻褄が合ったデータだけになる。

時計を見ると、すでに二十三時を回っていた。事務室にあるシュレッダーは安物で、書類を飲み込むスピードは毛虫の歩みのごとく遅い。プレハブ小屋の薄い壁は冷たい外気を防ぐことはできず、足の指先は冷え切っていた。

「瀬戸口さん……」

そろそろ帰ろうかと思った瞬間、くぐもった声が耳に届いた。

慌てて振り返ると、丑尾が事務室のガラス戸の外に立って私を見ていた。今日は組合の勤務日ではない。深夜の唐突な訪問に戸惑い、無理やり笑みを作り会釈を返す。

丑尾は微笑んで頷くと、ガラス戸に手を掛ける。立て付けの悪いドアはなかなか開かず、彼が力ずくで引こうとするたびに、プレハブ小屋がぎしぎしと揺れた。

「……ドア、直さないとですね」

半開きの戸のすきまに、大きな体をねじ込みながら入ってきた丑尾が苦笑いする。

「遅くまで、ごくろうさんです……」

〝坂巻造船労働組合〟の赤い旗を背負った丑尾はゆっくりと近づいてくる。首から下が凍りついてしまったかのように動かず、顎が震えて奥歯がガチガチと音を立てた。息を止めたまま、黒目だけを動かしてあたりを見る。机の上には開かれたままの現金出納帳のファイルが置かれ、シュレッダーは緩慢に領収書を飲み込んでいく。ダッダ、ダッダ。紙が裂かれる音が、やけに大きく聞こえた。胸に溜まっていた息を大きく吐き出すと、右手だけが動いた。慌てて、シュレッダーのスイッチをパチンと切る。半分だけ飲み込まれた出張宿泊費26250円の領収書の右端が、シュレッダーの口から舌のように垂れ下がったまま止まった。

「……手伝いましょうか」

彼は私の横まで来ると、シュレッダーの口からはみ出した250の数字をじっと覗き込んだ。この状況をなんと説明しようか。良案が浮かばぬまま、かぶりを振る。

「すみませんお邪魔して。続けてください……」

丑尾はささやくように言うと、油で汚れた指でシュレッダーのスイッチを入れた。

ダッダ、ダッダ。

再びそれが動き出し、領収書を切り裂いていく。刃に飲み込まれていく数字を、私の横で丑尾がじっと見つめている。

「瀬戸口さん……このあと時間ありますか?」

ダッダ、ダッダ。

断裁し終えて空回りしているシュレッダーのモーター音が、馬の足音のようだ。

「……終わるまで外で待ってますね」

ヤニで黄ばんだ歯を見せて微笑むと、私の答えを待たずに丑尾は背を向ける。彼の履いた安全靴が、薄っぺらい床をミシミシと踏む音が聞こえたのちに、立て付けの悪いガラス戸が強引に閉められた。

ドゥダッダ、ドゥダッダ。

観念する気持ちとともに、あのメロディが口をついて出た。

震える声で歌いながら、机の上に残されたクリアファイルから現金出納帳を抜き出し、一枚一枚シュレッダーに入れていく。

ドゥダッダ、ラッダドゥダッダ。


濃い紫色の空の中に、巨大なクレーンのシルエットが見える。それらは珍しく深夜まで働き続けている。夜の港に吹き付ける潮風は冷たく、私は袖口が擦り切れたダウンジャケットのジッパーを上げた。

「来週までに完成させて、引き渡ししみたいです」

建造中の鉱石運搬船に向かって歩きながら、丑尾がつぶやいた。私は彼のあとを追いつつ、頭上のクレーンを見上げる。馬の首のようなそれは黒い塊を持ち上げ、高層ビルほどの高さの船上へと運んでいく。影となったその塊が、なにかはわからない。

「……操舵室の上に置く機械でしょうね。あれは重そうだ」

黒い塊の正体を私に教えると、丑尾は船の中へと続く階段を上がっていく。暗がりの中、鉄板を安全靴が踏みつける音が響いた。私は丑尾の後を追い、どこまで続くのかわからない階段をひたすら登っていく。

「彼女の進水式は、十日後と聞きました」

彼女？　私の荒い呼吸が返事のようになる。

「あぁ、船って必ず女性の名前つけるじゃないですか。クイーンエリザベスとかサンタマリアとか。あれなんでか知ってます？」

問いかけると、丑尾は赤く塗られた側面から船の中に入っていく。

「頻繁にペンキを塗り替えるのが化粧みたいだからとか、お祝いの満船飾《まんせんしょく》を貴婦人のドレスアップに見立てたからだとか、人魚に沈められないようにとか、諸説あるんですけど」

私を先導して狭い階段を登りながら、丑尾は続ける。

「だけど、どれも後付けの理由だと思うんです。僕はもともと船大工をやってたからわかるんですけど、船ってやっぱり女としか言いようがない。大昔に船を作っていたヨーロッパの奴らもそう感じてたんじゃないかな。お母さんというか、恋人というか、とにかく女なんです」

すでにもう百段を超えただろうか。どこまでも続く階段の先に、ようやく小さな扉が見えてくる。そのすきまから、白光が漏れていた。丑尾が扉を開けて中に入り、私も続く。中は体育館ほどの大きさの白く塗られた空間で、眼下に見える鈍色のエンジンが轟音を上げて動いている。六つのシリンダとパイプにつながれたエンジンは巨大な心臓のようで、昔読んだ絵本に出てきた鯨の腹の中を思い出させた。

エンジン室の上に張り巡らされたキャットウォークを歩き、突き当たりにある扉を開けると狭い廊下の両端に船員室が並んでいた。塗りたてのペンキの匂いが鼻を突く。新品のデスクやベッドには透明のシートがかけられていた。迷いなく奥へと進んでいく丑尾の後を追い、突き当たりの部屋に入ると、私は息を呑んだ。薄暗い食堂で、浅黒い肌の男たちがビニールに包まれたままの椅子に腰掛け酒を飲んでいた。どこの国の男たちだろうか。五人とも酒に酔い、声を荒げてなにかを話しているが、その言葉を理解することができない。

「フィリピン人の船員たちですね。進水式に向けて準備しているんです」

私たちに気づいた彼らは会話を止め、警戒する目をこちらに向ける。だが作業着姿の丑尾の姿を認めると、ここの社員だと気づいたようで手を振った。丑尾は彼らに手を振り返すと、食堂を抜けた先にある扉を開けて、さらに上へと続く階段を登っていく。私は浅黒い男たちの視線から逃げるように、小走りで扉の中に入った。

人ひとりがやっと通れるほどの狭い階段を無心で登る。私と丑尾、四つの足音が馬のそれのように聞こえる。

いったいどこまで連れていくのだろうか。冷え切っていたはずの体はダウンジャケットの中で発熱し、背中は汗でびっしょりと濡れていた。呼吸が乱れ、心臓は早鐘を撞く。目が霞み膝をつきそうになったとき、前を行く丑尾が立ち止まった。

「着きました」

気づけば、階段を登り切っていた。丑尾は私に微笑むと、突き当たりにある扉を開けた。潮風がびゅうと音を立てて吹き込み、私の髪を揺らした。喉元まで上げていたジッパーをおろすと、冷たい空気が一気に肺に入ってくる。霞んでいた視界が、クリアになる。

目の前に、真っ赤な甲板が広がっていた。ペンキが塗られたばかりの甲板は艶やかで、頭上のクレーンに付けられた航空障害灯を反射して光っている。

「高さ七十メートルです。気をつけてください」

船首に向かって甲板を歩き始めた丑尾の後に続き、足を滑らせないようゆっくりと歩を進めた。

「完成が近づくと寂しくなるんです。特にこの船は気に入っていたから」

丑尾は甲板を歩きながら、手すり越しに眼下に広がる造船工場に目をやる。

「……いつか彼女がいなくなってしまうことがわかっていたのに」

オレンジ色の常夜灯に照らされた港では、すでに新しいコンテナ運搬船の建造が始まっており、その断面が潮風に晒されていた。

「変ですよね……船に執着しているなんて。でも瀬戸口さんには、そんな気持ちをわかってもらえるんじゃないかって」

丑尾は振り返ることなく訊ねる。私はその後ろ姿に向かって、頷いた。

気配で感じたのか、よかった、と丑尾はささやく。そして巻かれたロープを避けつつ甲板の中央までゆっくり進むと足を止めて、なにかを見下ろした。丑尾に追いついた私は、少し後ろから彼の視線の先に目をやる。

そこには、闇がぽっかりと口を開けて待っていた。

「……会社の調査が入るかもしれないと聞きました」

赤く塗られた甲板の真ん中に、鉄鉱石を収納するための船倉がブラックホールのごとく空いている。漆黒の穴を見つめていると、そこから怪物が這い出してくるような気がして足がすくんだ。穴から吹き上がった突風に煽られ、私はよろめく。一気に寒気が戻ってきて、膝から下が震えだした。

「大丈夫。気づかれる前に返せばいいんです」

三十メートル四方の暗黒を覗き込みながら、丑尾がひとりごとのように続けた。

「僕にできることがあれば言ってください」

斜め後ろから丑尾の横顔を見る。闇を見つめる瞳が、航空障害灯の赤い光を受けて光っている。冷たい風が吹きつけ、操舵室の上の旗をバタバタと揺らした。

ダッダ、ダッダ。

もしこの穴に落ちたら、彼は即死だろう。

「あなたの力になりたいんです」

ドゥダッダ、ドゥダッダ。

私の罪を知る人間は、誰もいなくなる。

息を止め、背後から彼に近づく。

そのとき、丑尾が振り返り私に目を向けた。

私は彼を見つめ返し、そして息を呑んだ。

丑尾の瞳の中に、黒い馬がいた。

夜の国道に立ち、こちらをじっと見つめている。

ドゥダッダ、ドゥダッダ。

刹那、丑尾の胸の中に飛び込んでいた。

虚をつかれた丑尾が、二歩、三歩と後ずさる。彼の心臓が激しく脈打つ音が、私の耳に届く。丑尾の巨体がよろけて、踵が船倉の縁にかかった。私は彼の首に腕を絡ませ、赤い甲板に引き倒す。まるで馬の瞳に操られるかのように、勝手に体が動いた。

ドゥダッダ、ラッダドゥダッダ。

そのまま私は丑尾の上に馬乗りになり、口づけをした。


アパートのドアが閉まる音で、目が覚めた。

カンカンと鉄の階段を降りていく音が、薄い壁の外から聞こえる。

足音が消えると、入れ替わるように台所の蛇口から漏れた水滴がシンクを打ち付ける音が耳に届く。

ダッダ、ダッダ。

馬の足音みたいだ。

ドゥダッダ、ドゥダッダ。

音に合わせて口ずさみ、ストラーダに思いを馳せる。けれども歌い続けることができない。蠟燭の火が消えていくように、メロディが失われていく。

私は布団の中から手を伸ばし、枕元にあったスマホを探り当てると、それを開いた。

痴漢を私人逮捕して恫喝する男たち、よくわからない罪で場違いな謝罪をさせられているYouTuber、人間とほとんど変わらない口調で情報商材を売りつけるＡＩのアナウンサー。光る画面をスクロールしながら言葉の海を泳いでいると、メッセージが着信した。

〝今日はありがとう〟

恋人のような言葉。

〝またふたりで会おう〟

妙に馴れ馴れしい言葉。

それらが、今夜の出来事が夢ではなかったことを知らしめた。

暗闇の中で文字を見ているうちに、記憶がよみがえってくる。ヤニ臭い息の匂い、ざらつく指先の感触、しつこく打ち付けられた下半身の痛み、果てたときの情けない顔。

〝優子さんの力になりたい〟

押し付けがましい言葉が届いた。

振り払うように、メッセージ画面から検索ページに切り替え〝横領〟と入力した。

生活保護費を着服した市役所の男や自治会費に手をつけた町議、契約を捏造した生保レディーに生徒の修学旅行費用に手を出した教師。これほどまでに多様な手口の横領があることに驚いた。一方で、金の使い道はどれも似ていた。ギャンブル、酒、女。動物のために横領した人間は見当たらなかった。もし私が捕まって、馬のために横領したと報道されたら、きっと死ぬまで笑われるのだろう。

タップを繰り返すと、私に近い横領額で捕まった犯人が、懲役五年の実刑判決を受けていた。そんなに長い間、ストラーダは私のことを待っていてくれるだろうか。

裸のまま布団から起き出し寝室の押し入れを開け、奥に隠していたオレンジ色の箱を取り出す。箱を開き、彼の鞍とお揃いの革でつくった黒いバッグを畳の上に置いた。

不安なときは、いつも触れて心を落ち着かせてきた。この革の匂いが、その手触りが、ストラーダと一緒にいる気分にさせてくれる。

そのはずなのに今日は、バッグに触れるほど寂しくなる。

ごめんね。

横にある乱れた布団を見遣ると、彼に申し訳ない気持ちが溢れてきた。

会いたいよ。

私は床に落ちていた下着を洗濯機の中に放り込むと、衣装ケースから着替えを取り出した。


麦倉乗馬倶楽部に辿り着く頃には霧雨が降り始め、あたりは暗闇に包まれていた。深夜の乗馬クラブでは街路灯が消されており、五メートル先も見えない。私はスクーターのヘッドライトをつけたまま、その光を頼りに中に入っていく。一線の光の前を、霧雨が虫のように漂う。

雨に濡れたクラブハウスを横目に、厩舎へと向かう。

屋根が傾いた厩舎の横に、建設中の新しい建物が見えた。土台と壁はほぼ完成しており、あとは屋根を取り付けるだけになっている。あの厩舎が完成すれば、ストラーダはさらに快適に過ごすことができる。走っている以外の時間を充実させることが、勝つためには必要なのだ。

私は、古い厩舎へと足を踏み入れる。人の気配が消えた厩舎からは、いつもより濃厚な獣の匂いがした。馬はほとんど眠らない。草を食む音、息をする音、蹄が床を打ち付ける音に囲まれる。手探りで奥へと進み、ストラーダが待つ馬房にたどり着く。けれども、そこはもぬけの殻だった。

どこ?

血の気が引いて、私は走り出す。暗がりの中、なにかに足を取られて転んだ。糞尿の匂いが鼻を突く。

どこにいるの?

枯草が散らばった床を這うようにして、外に出た。

彼の姿を求め、暗闇の奥にある馬場を目指す。厚い雲が月を覆い隠し、ヘッドライトの光ももはや届かない。自分の足音しか聞こえず、数メートル前すら見えない。雨に濡れ泥となった地面に、靴が埋まる。引き返すことすら恐ろしく、ぬかるみの中で凍えた足を前にすすめる。振り向くことはできない。自分の後ろには、まだ世界が残っているのだろうか。

遠くの暗がりから、低い嘶きが聞こえた。

聞き覚えのある、雄々しい響きに耳を澄ませる。

ストラーダ？

応えるように、嗚き声が返ってくる。

声の先に目を凝らす。次第に私の目が、完全な暗闇の中から赤黒い馬のシルエットをかたどり始める。暗闇に迷いこんだ私を、彼が迎えにきてくれたのだ。

赤黒いシルエットが近づいてくる。その影に懐かしさを覚えた。ゆっくりと動く影絵のような光景を、かつてどこかで見たことがある。

ああ、ストラーダ。

闇からあらわれた彼に、抱きついた。

会いにきてくれて嬉しい、と彼が鳴く。首を流れる血流が、凍えた私の体を温めてくれる。甘い乳のような香りに包まれ、心が穏やかになっていく。

ふと彼が鼻を鳴らし、歩き始めた。私は手綱を握り、暗闇の中を彼に導かれて歩く。行く当てはあるのだろうか。私と彼をつなぐ、数メートルのロープ。これを手放したら、私たちはもう一緒にいられない。

彼がふたたび鼻を鳴らし、暗闇の先を首で指し示す。その視線の先を、私も一緒に見つめた。

やがて漆黒の中に、水墨画のごとくかすかな濃淡が見えてくる。遠くで草をはむ馬たちの赤黒いシルエット、静かに揺れる青黒い木々の影。

あれだけ恐ろしかった暗闇も、彼と一緒にいると穏やかで美しい世界に変わる。

「これが、馬が見てる世界だ」

暗がりから、軋んだ声がした。

赤黒いヒト型の影がこちらに向かってくる。

「暗闇でも、そこには色がある」

その赤黒い影は、杖をつきながら私の前に来た。

「馬や人には血が流れてる。だから赤く見える。木や森の黒は青い」

急な訪問を詫びるように、私は頭を下げた。これだけ近くにいても、お互いの顔は見えない。

「闇は無ではない。暗闇にいると、聞こえなかった音が聞こえる、匂わなかった香りがする」

杖をついた影が、ストラーダに近づく。

「こいつ、あんたが来るってわかってたんだな」

そうだよ、と応えるようにストラーダが嗎く。目には見えないけれど、麦倉の手が彼のからだを撫でる音が聞こえる。

「珍しく深夜に騒いだもんだから、外歩かせてた」

やはり、ストラーダは私の気持ちをわかってくれている。またしても赦された気がして、彼のあたたかいからだに寄りかかる。いつのまにか、霧雨が止んでいた。私たちは体を寄せ合い、濃紺から紫へと色を変えていく空を見つめた。

「あんた、遠野のオシラサマみたいだな」

麦倉はキシシと笑うと、一節を誦じる。

「昔ある処《ところ》に貧しき百姓あり。妻はなくて美しき娘あり。また一匹の馬を養ふ。娘この馬を愛して夜になれば厩舎《うまや》に行きて寝《い》ね、つひに馬と夫婦になれり」

続きを聞きたいという私の気持ちが伝わったのか、麦倉は〝馬の妻〟になった女の物語を話してくれた。

娘が馬と結婚したと聞いた父は馬を連れ出し、桑の木に吊り下げて殺してしまう。そのことを知った娘は、驚き悲しんで桑の木の下に行き、死んでしまった馬の首にすがりついて泣いた。

物語だとわかっていても心が痛んだ。存在を確かめるようにストラーダを抱き寄せると、彼が私のつむじに鼻をつける。ずっと一緒にいよう。彼の意識が、私の心に流れ込んでくる。

私は、自分の感情を馬を通じて確認している。彼がいつも私の気持ちを教えてくれる。人間といると、自分の感情がわからなくなってしまう。もしストラーダが死んでしまったら、私はなにを信じて生きていけばいいのだろうか。

徐々に赤らんでいく空を見つめたまま、麦倉は語り続ける。

馬の死体にすがりつく娘を見て逆上した父は、馬の首を切り落とす。すると、その首が浮かび上がった。娘はいつまでも首を離さない。そのまま娘は馬の首とともに天へと昇っていった。そして馬と娘は、オシラサマという神様になった。

「……悲しいのか、幸せなのかどっちなんだろうな」

語り終えた麦倉が、澄んだ目をしたストラーダの額を撫でた。その艶やかな瞳は、明るくなり始めた空を映している。ときどき彼は何の前触れもなく、すべてが洗い流されたような清々しい表情を見せる。

「まあでも、悲しいとか幸せだとかって考えるのは人間だけだからな。人間の喜怒哀楽は動物からすると大袈裟だ。特に馬にとってはな。犬猫は食べているものを取り上げると怒るだろ？　でも馬は食べることを止めても怒らない」

地平にあった帯状の雲が割れ、朝日があらわれた。力強い光を放つ太陽に向かって、ストラーダが弾かれたように駆け出す。黄金色の草原の真ん中まで走ると、前脚を上げ高らかに嘶いた。

「しかし……いまあいつは幸せそうだな」

麦倉が笑うと、ストラーダはダンスを踊るようにクルクルと回ってみせた。雨に濡れた草と艶やかな馬体が、金色の光線に照らされて輝いている。

私は、息を呑む。

いまここで溢れ出しそうな気持ちを、どう表したらいいのだろうか。

「言葉にしなくていい」

私の隣で、ストラーダを見つめていた麦倉が口を開く。

「この世界のほとんどは、言葉にできないもんだ」

次第に白くなっていく太陽に照らされながら草原を駆け回る黒い馬体を、私はいつまでも見つめ続けた。

第三章

待機馬場に点在する馬たちのからだから、白い湯気が立ち昇っている。

十数頭いる馬はいずれも大きく艶やかで、高級な馬装を施されている。ほとんどが有名な乗馬クラブから来ており、馬上の選手たちも地区大会とは比べ物にならない手練ればかりだ。

墨色の雲が太陽を隠し、競技場は昼間にもかかわらず日暮れどきのように暗かった。

「光りますね……」

ストラーダを待機馬場で慣らしていた中谷が、柵の外にいる私たちのところに来て空を見上げた。冬の雷雲が空一面を覆い、その奥が時折発光する。

「今日はやめた方がいいな……首振りっぱなしだ」

不規則な間で鼻息を噴き上げるストラーダを、じっと見つめていた麦倉がつぶやく。先ほど出走予定だった馬が、待機馬場で暴れてスタート直前で棄権したばかりだった。

「ストラーダは大丈夫です。ちょっと重いけどいけますよ。走りは悪くない」

閃光の後、間を置いて聞こえてきた雷鳴に負けじと中谷が声を張る。「ここで降りたら台無しですよ」と、馬主である私に訴えかけるように続けた。私たちが揉めていることを察したのか、待機馬場を取り巻いている他の乗馬クラブの男たちが冷ややかな視線をこちらに向ける。

この全国大会で勝つために、かなりの金額を費やしてきた。障害馬術用の馬場を作り、厩舎もリフォームして万全を期した。中谷には倍の給料を払って、トレーニングを週五日に増やした。体調もメンタルも安定し、ストラーダの飛越は日に日に良くなっていた。競馬では不遇だった彼が、やっと檜舞台に上がる。彼もやる気だ。ここで降りるわけにはいかない。

「イレ込んでるだけだ」

私の気持ちを察した麦倉が忠告する。言葉の意味がわかっているのか、ストラーダが麦倉に抗議するように首を振った。

「勝ち気と怯えは紙一重だからな、こういうときはダメだ」

「場長、この子を信じてあげましょうよ」

馬上の中谷が、私の気持ちを察して加勢する。

「僕がちゃんと乗りますから、ね」

麦倉は睨みつけるように中谷を見た後に、その濁った黒目を私に向けた。

「まあ……あんたの馬だ。あんたが決めればいい」

そう。ストラーダは私の馬だ。彼の気持ちは、私にしかわからない。本心を確かめるべく、彼の硬い鼻梁に手を当てる。熱い血流が脈打っている。勝ちたい。指先から、ストラーダの強い気持ちを感じる。信じて欲しい、と彼の瞳が語っている。走らせてあげたい。あれだけ大変な練習を重ねてきたのだから。

私は彼の首をそっと抱く。彼の鼓動が、私のそれと重なり、心地よいリズムとなっていく。

ドゥダッダ、ドゥダッダ。

信じてる、一緒に飛ぼう。

私が伝えると、ありがとう、と彼がささやくように息を吐いた。

バラバラと大きめの雨粒が厩舎のトタン屋根を打ち始める。その音に重なるように、ストラーダの出走を告げるアナウンスが響いた。

「行きましょう」

中谷がストラーダの手綱を引き、待機馬場から出て競技場へ向かう。蹄がコンクリートを叩く硬い音を聞きながら、彼に歩調を合わせてその横を一緒に歩く。ストラーダよりふたまわりほど大きな馬に乗った白髪の騎手が、すれ違いざまに威圧するようにこちらを見た。

富士山を厚く覆っていた雷雲が光り、数間あってから轟きが馬場に響いた。待機馬場を周回していた馬たちが、怯えて駆け出す。中には前脚を上げて暴れる馬もいた。不安が伝染し、馬たちの悲鳴が重なっていく。

「へえー！　なんかすごーい！」

美羽の甲走った声が思い出された。

昨日、労働組合の事務室に突然美羽がやってきた。歪んだベニヤ板で囲われた部屋を、子犬が走り回るように見て回る。

「こんなレトロな場所あったんですねえ……全然知らなかった」

〝坂巻造船労働組合〟の赤い旗をじっと見つめたあとに、美羽は書棚に駆け寄り、古いファイルを勝手に取り出していく。

「春闘学習会資料？　労福協？　なんか全然わかんないー」

この十年間、私が整頓して置いていた「残業申請」「代議員研修会資料」「安全衛生委員会要望書」などのファイルが次々と捲られていく。

「これ全部優子さんが？」

私は口角を上げながら頷く。大丈夫。証拠になりそうなものは、すでに破棄してある。

「えーこんなにあるの？　わたし優子さんがやってた仕事できる自信ないー」

私の背後にいた丑尾に、美羽が甘えた声を掛ける。

「しばらくは瀬戸口さんにもいていただきますし、ゆっくり引き継いでいきましょう」

くぐもった声が背後から聞こえる。顔は見えないが、きっといつものように黄ばんだ歯を見せながら微笑んでいるのだろう。

「なにこれ？　金庫おっきい。あけていいですか？　え？　これどうやって開けるの？？」

金庫に取り付いた美羽は、ダイヤルをでたらめに回している。

「ごくろうさんですね……」

いつのまにか横に立っていた丑尾が、苦笑しながら私の耳元に口を寄せた。古い油と汗が混じり合った臭いが鼻をつく。その右手はさりげなく、私の腰に置かれていた。


鉄板が引きずられていくような遠雷の音で、我に返る。

同時に、中谷が腰を浮かせストラーダがスタートを切った。土砂降りが続き、馬場は墨汁を流し込んだように黒ずんでいる。ストラーダはぬかるみに足を取られつつも、駈歩でコーナーを曲がり最初の障害を飛び越えた。ずぶ濡れの馬体が、重たそうに着地し泥水を撥ね上げる。十六万円払ってあの店で買った中谷の白い乗馬パンツは、あっという間に茶色く染まった。曇天に光の筋が毛細血管のように浮かび上がる。爆竹が弾けたような轟音に怯えたストラーダが、次のコーナーをうまく曲がりきれず立ち止まる。すかさず中谷が鋭く鞭を入れると、悲痛の嘶きが雷鳴と重なり競技場に響いた。

雨合羽を羽織った私は、首を振りながら必死に走り出すストラーダの姿を祈るように見つめる。競技場を取り巻く観衆のざわめきがビニールのフードの中でくぐもり、昨夜の丑尾の声と重なる。

「僕は反対したんですよ……」

美羽が労働組合の事務室から出ていくと、丑尾がわざとらしく眉を八の字にしながら近づいてきた。

「でも上の方が、優子さんと宇野沢さんを入れ替えたいって」

いつの間にか、下の名前で呼ばれることが当たり前になっていた。ふたりきりしかいないプレハブ小屋でわざわざ、私の耳元に口を寄せて話す。

「でも大丈夫。僕がかけ合って、しばらく優子さんにも経理の仕事を続けてもらうことにしました。どうせ宇野沢さんはすぐに音を上げて、いなくなると思いますし」

会釈して帰ろうとすると、丑尾の黒ずんだ手が肩にかかった。

「会社から調査しろと言われたんですが、僕からなにも問題はないと伝えておきましたから、優子さんは安心してください」

答えに窮して口角を上げると、合わせて丑尾も口の端を上げた。その目は獲物を狙う獣のように、私を見つめている。

「今夜、優子さんちに行こうかな」


刹那、目の前がくらむほどの強烈な閃光が走る。近い、と思う間もなく耳をつんざく雷音が轟いた。

やめて。

私が思うより少し先に、絶叫のような嘶きが馬場に響く。ストラーダが前脚を上げ、中谷を振り落とした。暴れ回る黒い馬体から、水しぶきが飛び散る。仰向けのまま頭から落馬した中谷は、ぬかるみに倒れ込んだまま動かない。身軽になったストラーダは、狂ったように四肢をばたつかせながら障害に突っ込んだ。五百キロの馬体が衝突し、硬い三本の棒がバラバラと崩れ落ちる。それらに前脚を取られ、ストラーダは沼のようになった馬場に倒れ込んだ。

鋭い雷光が、痙攣し四肢を震わせる馬体を照らす。

ストラーダ！　咄嗟に叫んだが、轟音がその声をかき消した。

制止する麦倉の手を振り払い、柵に足を掛ける。飛び越えようとした瞬間、ずるりと足が滑り、つんのめって馬場に顎から落ちた。口の中に入った泥を吐き出しながら起き上がり、彼の元に走る。買ったばかりの乗馬用ブーツが、泥の中に足首まで埋まり前に進むとができない。右足、左足とそれを靴下ごと脱ぎ捨て、裸足でストラーダに駆け寄った。馬場に倒れ込んだストラーダが弱々しく鳴き、沼の中でもがいていた。私に気づくと、からだをよじり立ち上がろうとするが、起きあがることができない。

ストラーダ。

小刻みに震える彼の首筋に、おそるおそる触れた。いつもは聴こえてくる彼の声が、その歌が聴こえない。黒い瞳から、みるみる生気が失われていく。雨に濡れた馬体は冷えこみ、四肢の力が抜けていくのがわかった。

ストラーダ、ストラーダ、ストラーダ。

私の叫び声、ストラーダの弱々しい嘶き、男たちが駆け寄ってくる足音、そのすべてが水の中にいるかのようにぼんやりと聞こえた。底がない沼の中にストラーダが飲み込まれていってしまうようで、私は馬体にすがりつきながら彼の名前を呼び続けた。

オムライスを載せた円筒型の自動ロボットが、滑るようにこちらに向かってくる。ロボットの正面につけられたモニターには猫キャラの顔が表示され、キョロキョロとあたりを窺うように丸い目が動く。

「ねこちゃん！」

幼児用のダイニングチェアに座っていた女の子が、ケチャップがついたポテトフライを持った手を伸ばす。するとロボットはその前で静止し、女の子に微笑みかけると手を避けて進んでいく。スピーカーから軽快な電子音楽を響かせつつ、私の目の前を通り過ぎた。

「どっちが賢いかしらねえ……」

私の向かいに座って〝和風おろしハンバーグ定食〟に箸を入れていた御子柴が、横に座る青年とロボットを見比べる。

「ちょっと淳子《じゅんこ》さん、ひどいですよー。俺、これでも一応大学生なんすけど」

スパゲティを頬張った青年が、大袈裟にむせる。ゆるやかにカールさせた前髪のすきまから覗く、どんぐりのような小さな目でロボットを見た。鼻は高く唇の形も良いのだけれど、それぞれの配置がどこかちぐはぐで散らかって見える。

ロボットは私たちの隣のテーブルに辿り着くと、ゆっくりと回転して側面を見せた。円筒の中は四段に仕切られ、LEDに照らされたお盆の上にオムライスが置かれている。ひとりで来店していた中年の男性客が、待ちかねたように手を伸ばした。皿が取り出されると、ロボットはウィンクをしながら背を向けて、キッチンへと戻っていく。

「でも戌井《いぬい》クン、あんな一所懸命働ける？」

「うーん無理かも」

「ちょっとは張り合いなさいよ」

「大学のレポートも全部、ＡＩアプリにお世話になってるんで……」

目と同じく小ぶりな戌井の唇が、スパゲティを咥えたまま忙しなく動く。

「もう……食べながら喋らないの」

御子柴が、彼の口元についたミートソースを紙ナプキンで拭き取った。あ、すんません。されるがままの戌井の耳には、御子柴とお揃いの蹄鉄型のピアスが揺れていた。

「ごめんね優子さん、こんなとこで。いろんなお店連れ回したんだけど、この子結局ファミレスが一番美味しいって」

私は首を振り、ほとんど手をつけていなかった〝ささみと木の子のサラダ〟を口に運ぶ。

「ほら戌井クン、またシャツにこぼしてる。せっかく高いの買ってあげたのに」

「また新しいの買ってくださいー」

戯れ合うふたりを前に、目のやり場に困ってストライプ柄の壁に嵌った窓の外に目を向けた。

軽自動車、トラック、バス、軽自動車。見慣れた国道に、車が連なっている。皆が同じスピードで均等な車間距離を取って進んでいく様は、ベルトコンベアに載せられ運ばれていくかのようだ。

あの日から毎日、呆けたままスクーターに乗って国道を走り、いつのまにか職場に到着している。もしかしたら私もベルトコンベアに載せられているのではないか、と思ったりする。

あの日、ストラーダは雷雨の中で倒れ込んだまま動かなくなった。

幸いにも骨折はしておらず最悪の事態は免れたが、かなり靭帯を痛めていた。競技会に詰めていた救護獣医師と相談し、しばらく近くの厩舎で療養することになった。

翌週末、私はストラーダの馬具をメンテナンスに出すために、麦倉乗馬倶楽部のクラブハウスに出向いた。買い揃えた馬具はどれも泥まみれで、おそろいの革で作った鞍には深い傷がついていた。その傷に触れると彼の悲鳴が耳元でよみがえり、ソファにへたり込んでしまった。しばらく私が動けずにいると、騎乗を終えた御子柴が入ってきた。

「……優子さん、昼ごはんでもどう？」

唐突にランチに誘われ、気づいたら彼女の赤いＳＵＶの尻をスクーターで追いかけていた。国道をしばらく走ると、ＳＵＶがウィンカーを出してファミリーレストランの駐車場に入る。どこにでもあるチェーン店。その窓際の席に着いてしばらく経つと、白い襟シャツの上に大きく高級ブランドのロゴが入ったパーカーを羽織った青年が入ってきた。しばらく店内を見回し、御子柴を見つけるとひと目も憚らず大きく手を振りながら隣に座った。

「淳子さんの乗馬仲間ですね？」

なぜか握手を求められ、おそるおそる手を差し出す。慣れた手つきで私の右手を握る青年の横で、お友達の戌井クン、と御子柴が彼のことを紹介した。


「優子さんて、なんで喋んないんすか？」

ちょうどロボットが運んできた〝北海道ソフトのイチゴパフェ〟を受け取った戌井が、小さな目でこちらを見る。

答えに窮して苦笑を返すが、戌井は関係なしに続ける。

「なんか嫌なことでもありました？　そんで話さないって決めちゃったとか？」

「さっきから、キミがすきまなく喋りすぎなの」

御子柴は戌井を遮って私の代わりに答えると、パフェの上にあるイチゴを摘んで口に入れた。トレイを空にしたロボットが、ウィンクをしながら回転する。

「間が怖いんすよー。店の先輩からとにかく間を埋めろって怒られるんで」

「バロック音楽じゃないんだから」

「バロックってなんすか？」

「キミ、馬よりバカね」

戌井は馬面を作っておどけてみせた。彼はいくら罵られても、楽しそうに話し続ける。

「まあでも僕が働いてる店でも喋んないお客さん結構いますよ。四時間ずーっと黙ったままこっちの話聞いてるだけの人とか」

「あなたもちょっとは黙ってて」

「り」

「り、ってなに？」

「あ、了解ってことです」

「なんでそこだけは省略なのよ」

苦笑する御子柴に、戌井がもたれかかる。

「淳子さん一俺ドリンクバーいってきますけど、なんか飲みます？」

「じゃあ、ルイボスティー頂戴。優子さんは？」

私が首を振ると戌井は席を立ち、すれ違うロボットを避けながらドリンクバーへと向かった。

急にテーブル上から言葉が消え、周りの音が耳に入り始める。隣テーブルの客が、中年男性のひとり客から、ドレッドヘアの外国人男性と派手なメイクの女性に入れ替わっていた。男性が英語で話し、女性が日本語で返事をする。通じているのか、いないのか。いずれにせよ、会話は途切れなく続いていく。

それにしても、私はなぜここに呼ばれたのか。若いボーイフレンドを見せびらかしたかったのだろうか。自慢の彼氏として紹介するにしては、ずいぶんと貧相な男だった。御子柴とふたりきりの時間を持て余し、私は店内を見回す。

黒いエプロンをつけた従業員が三人、キッチンの前で談笑していた。ほとんどの客が電子タブレットで注文と会計を済ませるので、食器を片付けるのと、出来上がった料理をロボットに載せる以外に彼らの仕事はないようだった。

「みんな暇そうねえ……」

いつのまにか同じ方向を見ていた御子柴が、私の心を読んだかのようにつぶやく。

「店員をロボットにする必要あったのかしら？　自動掃除機の上に食事を載せて運んでいるみたいで、食べる気なくなるわ。そこまで人件費が浮くとも思えないし」

テーブルとテーブルの間を忙しなく行き来する二台のロボットの背中には〝パート・アルバイト募集中〟とステッカーが貼ってある。

「ロボットに募られて人が働く時代って、なんか笑っちゃう」

またしても読心したかのように、御子柴が言った。馬に乗っていると、第六感のようなものが発達するのだろうか。若しくは乗馬仲間としての共感性か。

「まあでも、ロボットだったらシフト組まなくてもいいし、文句も言わないで働くからいいんだろうね。実際、この店で愛想がいいのはあの猫型ロボットたちだけね」

御子柴は斜向かいのテーブルに視線を移す。十代の兄妹が父親と三人で食事をしていた。

各々の前には、カレーライスとチーズドリアと煮込みうどんが置かれている。父親はうどんを一口啜ったあと、ずっとスマートフォンに目を落としたままだ。

「人間の男って、どうしてあんなにつまらないのかしらねえ。うちのダンナなんて、なーんも面白いこと言えないくせにプライドだけは高くて、こっちの話を聞こうともしない。あれでよく弁護士の仕事が務まるなって思う」

スマホを見続ける父親の前で、カレーとドリアを食べている兄妹は目を合わせることなく、黙々とスプーンを口に運ぶ。その様は、牛が餌箱に首を突っ込んでいるのとさほど変わりなく見える。

「やっぱり馬が最高よね。お金はかかるけれど、どこまでもわかりあえる」

御子柴から同意を求められ、頷いた。ストラーダだけが、私のことをわかってくれる。

「戌井クン、ブサイクだしつまんないでしょ？」

急に問われて戸惑い、ドリンクバーの方向に視線を送った。右手にコーラ、左手にルイボスティーを持った戌井が、破顔しつつこちらに戻ってくる。

御子柴は蹄鉄の形をしたピアスを弄びながら続ける。

「あの子、ホストやってんだけど、ぜんぜん売れないから私が面倒見てあげてるの。最初に席についたときは、びっくりした。ずーっと喋ってるし、それが死ぬほどつまらないんだもの。でも、彼と話しているうちにだんだん感動してきちゃって。だって、こっちが邪険にしたり、無視したりしても、平気な顔で喋り続けるんだよ？」

声を潜めて話しながら、御子柴がくすくすと笑う。視界の端で、黒ずくめの男が乱暴にドアを開けて店に入ってくるのが見えた。何者か、目だけで男を追いかける。大きなリュックを背負った男はレジ前を通りキッチンに直行すると、ビニール袋に包まれた食事を受け取る。どうやらアプリで呼ばれた配達員のようだ。店に入ってから出るまで、わずか三十秒。店員と、ドライバーのあいだに会話はない。

「馬は優しくて賢いから最高。アレクのこともローズのことも大好き。それでも……たまに言葉が欲しくなるときがあるの。戌井クンは馬よりバカで、売れていないくせに枕もできないダメな子だけど、たくさん話してくれる。どんなに中身がなくたって、私に言葉をくれる」

淳子さんお待たせー、と戌井がテーブルに戻ってきてルイボスティーを御子柴の前に置く。戌井クンありがと。どういたしまして。なんかこのお茶薄くない？　ごめんなさい替えてきます！　なんかいっつも惜しいんだよねえ……バカだからかな？　そんなあ、淳子さんひどい。まあ全部惜しいけど、まとめたら満点かも。あざす！　そこ喜ぶとこじゃないから。そうなんですか？

ドゥダッダ、ドゥダッダ。

ふたりのとりとめのない会話に重なるように、耳元であのメロディが聞こえてきた。戌井の背後に再び黒い気配を感じて目を細めて見ると、そこに馬がいた。ロボットが行き交うドリンクバーコーナーの前にストラーダが立ち、潤んだ瞳で私を見つめている。

なに飲む?

ストラーダが私に訊ねてきた。

どうしようかな……じゃあカフェラテ。

OK、と答えるように彼が低く嘶く。

もし私の家にストラーダが来てくれたら、狭い部屋で一緒に寝よう。夜、私が目を覚ますと、彼は窓の近くに立って月を見ている。そのなめらかなシルエットに見惚れているうちに、私は眠りについている。朝起きたら、台所の前にある小さなダイニングテーブルで一緒に朝食を摂る。彼のためにりんごを剝いて、私も同じものを食べる。

それから私は家を出て、彼に乗る。

どこにいく?

どこへでも。

じゃあ海まで。

私が思うより少し先に、ストラーダが歩き始める。

私たちは、どこまでも行ける。

〝麦倉乗馬倶楽部〟と赤いペンキで書かれた馬運車が、クラブハウスの前に停車する。観音開きの扉が開くと、黒い馬体があらわれた。懐かしい景色に出会ったかのように、首を左右に振ってあたりを見回す。タラップを踏みながらゆっくりと降りてくるストラーダの繊細な脚元を、私はじっと見つめた。

おかえり……

陽光が彼の全身を露わにすると、私は息を呑んだ。逞しかった首が瘦せこけており、毛並みの艶やかさも失われていた。胸の肉はごっそりと落ち、肋骨が浮いて見える。畜生……とつぶやく声が聞こえ、横を見ると麦倉がしかめ面でストラーダを見ていた。金歯を覗かせ、犬のごとく低く唸っている。

「優子さん、良かったですね」

すかさず中谷が、私と麦倉の間に入ってきた。

「ストラーダ元気そうで。少し瘦せちゃったけど」

私を安心させるように奥二重を細めると、中谷は馬運車に歩み寄りストラーダを引き取る。杖をついた麦倉がそこに合流し、付き添っていた獣医と話し込んでいる。私の耳はその声を拾おうとするが、聞こえてくるのは言葉のできそこないのような音ばかりだった。

ストラーダ。

心の中で彼に呼びかけるが、その瞳は一度もこちらに向かない。前脚を引きずりながら歩き出すと、建て替えたばかりでやけに白々とした厩舎へと吸い込まれていった。

「こいつにはもう、競技は難しい」

痩せ細った馬の腹を撫でながら、麦倉が告げた。ストラーダは馬房に入るなり、首を下げたまま動かない。

「右前脚の靭帯がやられちまってる。飛んだり跳ねたりは、もう無理だ。手術すれば良くなるかもしれないが……数百万じゃきかないだろう」

馬房の中でストラーダはしっぽを股の間に巻き込み、虚な目で宙を見つめている。変わり果てた様を気にして、周りの馬房から馬たちがストラーダに目をやる。

「もともと繊細な馬だ……事故でメンタルもかなりやられちまってる。脚が治ってもどれだけ走れるのか……」

私は馬房の中に入ると、彼の横にしゃがみ込み鼻先に手を伸ばす。

ストラーダ。

避けるように、彼が首を振った。

ストラーダ、私だよ。

黒い瞳はこちらを向かない。

ナイロンリュックからタッパーを取り出し、家で剝いてきたりんごを彼の鼻先に差し出す。ストラーダはそれを口に含み嚙み砕くが、ボロボロと口端から欠片が落ちていく。忘れちゃったの？　震える指先をしつこく鼻先に伸ばすが、黒い馬は決して触れることを許さない。

「きっとまた……素敵な馬との出会いはありますよ」

私の背後で、ずっと様子を見ていた申谷がしびれを切らしたように言った。

「新しい子と、もう一度優勝を目指しませんか？」

申谷の言葉に傷つけられたかのように、ストラーダが弱々しく鳴いた。

咄嗟に、申谷の頰を平手打ちする。乾いた音が、静まり返った厩舎の中に響いた。

ストラーダの前で、どうして。

激昂すればするほど、なぜか口角が上がっていく。不意をつかれた申谷は目を見開いたのちに深く息を吐き、私に合わせるかのように微笑む。

「大丈夫。馬に言葉はわかりませんから」

わかっていないのは、この男の方だ。

「……優子さん〝賢いハンス〟って知ってますか？」

唐突な問いに口の端がさらに上がる。引きつった笑顔になっているであろう私を見下ろし、諭すように申谷が続ける。

「１９００年頃に、ドイツで見つかった馬です。ハンスは計算したり文字を読んだり、メロディがわかる馬でした。その賢馬は新聞で取り上げられ、大きな話題になりました。だけど〝賢いハンス〟を疑った人たちも多く、学者たちによる調査が行われたんです。その結果はどうだったか？」

　ストラーダは申谷の声を聞くまいと両耳を絞り、首を振り続けている。うす暗い厩舎で、申谷が口を開くたびに白い煙が立ち上っては消えていく。

「大方の予想を裏切り、トリックは一切なかった。〝奇跡の馬〟に世界中が沸き立ちました。しかし最後まで粘り強く調査を続けた心理学者が言葉がわかるように見える理由を発見しました。ハンスは質問者が答えを知っているときは正答できるのに、その人が答えを知らないときは間違えてしまう。つまり……馬は言葉がわかっていたのではなく、人間の様子を察知することに長けていたのです」

　この男が言いたいことはだいたいわかった。どこまで私たちを馬鹿にするつもりなのか。怒りで体が震えたが、口の端は糸で釣られたかのごとく上がったままだ。

「ストラーダがあなたのもとに駆け寄って来るのは、そう訓練されているからです」

　ちがう。彼はいつも私を待っている。

「思ったより先に曲がるのは、コースをわかっている馬が鞭より先に曲がってラクをしているだけ」

私たちの深い繋がりがわかるはずがない。

ドゥダッダ……

震える口元からあのメロディが漏れた。

突然歌い出した私を、中谷が蔑んだ目で見やる。

「あなたは馬の良いところだけを見て物語を作っているだけです。彼らはペットじゃなく、経済動物ですよ」

ドゥダッダ、ドゥダッダ……

私は中谷の声をかき消すように、俯いたまま口ずさむ。

「誰が毎日その糞を片付けて、小便で汚れた床を拭いてたと思ってるんですか」

中谷の呆れた声が頭上から聞こえた。

「どうしてそんなに羽振りがいいのかは知りませんが、馬の気持ちはお金では引けませんよ。いい加減、恋人ごっこはやめてください」

絶叫し、中谷に摑みかかった。そのまま彼の青白い顔に爪を立てる。ギャッ！　と小さな悲鳴を上げた中谷が後ずさり、枯草の上に尻餅をつく。中谷の頰から血が滴った。

「やめろ！」

麦倉が慌てて私を取り押さえようとする。その時ストラーダが甲高く嘶き、私を守るように立ちはだかった。呼応して厩舎にいた馬たちが次々と嗚き出し、馬房の柵にからだをぶつけ始める。

ドゥダッダ、ラッダドゥダッダ。

ほら、みんな私の味方だ。

頰から血を流す申谷の上に跨った。馬乗りになられても、まだ微笑んでいる。

「あなたがいないとき……雌馬の尻を追いかけ回してましたよ」

薄い唇の端を上げ、吐き捨てるように言った。

うるさい、うるさい、うるさい。

抵抗しない申谷に、二発、三発と拳を振り下ろす。その唇が切れて血が流れ出す。

獣の香りに、血の匂いが混じり合い鼻を突く。口の中に懐かしい鉄の味がした。ストラーダは猛々しく嘶き、蹄を床に激しく打ち付ける。


ドゥダッダ、ラッダドゥダッダ、ドゥディドゥディドゥダッダ。

気づけば私は、歌いながら深夜の造船工場を歩いていた。

満月が、海に向かって首を伸ばすクレーンを照らしている。静止した巨大な馬たちが、私を優しく見守ってくれている。

ドゥダッダ、ドゥダッダ。

彼とお揃いで作った革のバッグを握りしめ、速足で歩き続ける。腹をむき出しにした建造中のコンテナ運搬船を横目に歩いていくと、港の先にプレハブ小屋が見えてきた。私はさらに歩みを速める。

手術をしたら、きっとまた走れる。飛ぶことだってできる。いくらかかってもいい。私は諦めない。あんな男たちに、私たちの夢を潰されてたまるか。

ドゥダッダ、ドゥダッダ。

立て付けの悪いドアを乱暴に開け、プレハブ小屋に入る。薄い床が、軋んだ音を立てた。金庫に取り付き、ダイヤルを回す。右に五、左に九、また右に六、最後に左に三。重たい扉を開け、奥に積まれていた札束に手を伸ばした。手当たり次第に鷲摑みにして、革のバッグに投げ込んでいく。

ドゥダッダ、ラッダドゥダッダ。

あっという間に、金庫から札束がなくなった。

なんだ。

がらんどうの金庫を見つめていたら、失笑が漏れた。

なんて、あっけない。

奥にある暗闇に、漆黒の瞳が重なる。その黒に、すべて赦された気がした。

私は、すっかり重くなったバッグを持ち上げてプレハブ小屋を出る。革のバッグを両手で抱えて持ち、夜の工場をひとりで歩いていく。月光に照らされたクレーンの影が、足元に伸びている。それは私を護るように、いつまでもついてくる。

ドゥダッダ、ラッダドゥダッダ、ドゥディドゥディドゥダッダ。

メロディを口ずさみながら、本館前を通り過ぎる。札束で膨らんだバッグの口があき、舌のように垂れた金具がカチャカチャとリズムを奏でる。

「あれえ？　優子さんなにしてんの？」

突然、甘えた声に呼び止められた。

慌てて振り返ると、美羽がいた。呼吸が止まり、メロディが停止する。急に冷たい潮風を首元に感じ、体が震えた。

「こんな夜中に、なにしてんですかあ？」

美羽の顔は赤らんでおり、呂律も回っていない。ずいぶんと酒を飲んでいるようだ。また藤井と一緒だったのだろうか。その着衣は乱れている。

「いいバッグじゃないですかあ。なに入ってるのお？」

ふらつく足取りで近づいてくる。にやつきながら、私が抱えたバッグに手を掛けた。

金切り声をあげ、彼女の手を荒々しく振り払う。美羽の顔から笑みが消え、冷めた眼差しをこちらに向ける。

「……どろぼう」

はっ、と溜まっていた息が漏れ、図らずも口角が上がる。

泥棒？　私が？

「優子さんー、顔、真っ青！」

けたけたと笑い、美羽がバッグを引っ張る。傾いたバッグの口から札束がひとつ、ふたつとこぼれ落ちる。

「どろぼー！　泥棒がここにいますよー!!!」

普段の甘い声とは打って変わった耳障りな喚き声が、私の鼓膜を震わせる。

私は泥棒じゃない。これは私が使うべきお金だ。私のことを馬鹿にして、盗み取っていったのはあなたたちだ。

「泥棒！　泥棒！　泥棒！」

美羽は絶叫しながら、両手で乱暴にバッグを摑む。私は体をくの字にして、バッグを抱え込んだ。

ガチャン、と鈍い音がしてアスファルトの上をスマートフォンが滑っていく。

私はバッグを抱えてしゃがみ込み、スマートフォンを拾い上げる。震える手で動画を再生し、美羽の眼前に向けた。

揺れる画面の中で、肌色が蠢いている。獣のような喘ぎ声が、静まり返った夜の工場に響き渡る。

美羽は目を見開き、画面を見つめる。

「……なにこれ？」

そして腰が抜けたように、へたりこんだ。

私は美羽の手からバッグの持ち手を引き剝がすと、本館前に停めていたスクーターに跨り勢いよく発進させた。

膨らんだバッグを膝の上に置き、赤いスクーターで国道を走る。

大粒の雪が降り始め、ヘッドライトの前を遮る。消費者金融の無人契約機の角を曲がり、暗い一本道をひた走る。あっという間に田園に雪が積もり、あたり一面が青白く見えた。

静まり返った麦倉乗馬倶楽部の前にスクーターを停め、バッグを抱えて厩舎の中に駆け込む。

聞き覚えのある、低い嘶きが奥から聞こえた。

会いにきたよ。

息を切らしながらストラーダの前に駆け寄り、その鼻先に手を伸ばす。

黒い瞳が私を捉えた。ストラーダは口を寄せると、凍えた指を舐めて鼻を震わせる。

彼の舌の熱で、指先が痺れた。

思い出してくれたの？

冷え切った頬を、温かい涙が伝っていく。

震えている私に、ストラーダが首をすり寄せてくる。どこまでも信じてる。彼の想いが、私の心に流れ込んでくる。

私は嗚咽し、馬房に積まれた枯草の上にへたり込む。床に置かれ凍ったように硬くなっている鞍にしがみついたまま、動くことができない。

彼は鼻先を私の首にすり寄せると、悲しげな声で鳴いた。

艶やかな瞳が潤んでいる。彼は分かっているのだ。そろそろお別れだということを。

震えている私を包み込むように、ストラーダが横たわる。厩舎の小さな窓から、降りしきる雪が見えた。私は目をゆっくりと閉じる。私より少し高い馬の体温が、私のそれと同化していく。次第に意識が遠ざかり、暗闇が訪れる。

「そこは馬の寝床だぞ」

声を掛けられ、目が覚めた。

顔を上げると、馬房の入口に杖をついた男の影が見えた。


麦倉が太い薪をくべると、爆ぜて火花が散る。

私は毛布にくるまってクラブハウスのソファに座り、暖炉の中で揺れる赤と橙のグラデーションをじっと見つめた。炎はまだ小さいが、じんわりと体が暖まっていくのを感じる。

「あんなところで眠ったら死ぬぞ」

笑いながら私の向かいに座った麦倉は、詰将棋を再開する。桂馬を斜め前に進め、王手をかけた。

「まあでも、馬のそばにいると何度か死にかけるもんだ」

ストラーダに乗っているとき、私はいつも命を預けている。死に近づくこと。それは誰かを愛する気持ちに似ている。

「ムハンマドにアレキサンダー、チンギスハンにも愛馬がいた。人の歴史は馬の歴史だ。みんな馬と一緒に世界を見て、一緒に殺された」

麦倉の背後にある、写真が目に入った。栗毛の大きな馬に跨り、障害を飛び越える若き日の麦倉は、どこか肖像画のナポレオンのようにも見える。

「俺も昔……馬から落ちてこのザマだ」

麦倉は苦笑し、金属製の義足を杖でコツコツと突いた。

「ほとんど暴れたことがない、おとなしい奴だったんだけどな。ただあのとき、乗る前にあいつの声が聞こえたんだ。やめてくれって。確かに、俺はあいつの声を聞いた。だけど無理やり乗った。勝ちたいって焦ってたんだろうな。そんでニセモンの足になった。オシラサマのバチがあたったんだろうな」

麦倉は近々、この乗馬クラブを離れて北の地に移ることを私に告げた。

そこは、オシラサマ伝説の地にある馬の楽園。怪我をして引退した馬たちが、放牧されながら余生を過ごす場所だという。

「ほとんどの馬は勝てないまま死んでいく。競技ができなくなったら殺される馬がほとんどだ。でも……あそこは馬が最後にいきつく天国みたいな場所だ。どうせ俺は死ぬまで馬と一緒なんだろうから、ちょうどいいと思ってな」

麦倉は弱まってきた炎を、濁った瞳でじっと見つめながら話した。

広大な雪原を駆け回るストラーダの姿が脳裏に浮かんだ。いつか時がきたら、私もその楽園で彼と一緒に暮らそうと思った。

「中谷が話した〝賢いハンス〟の話な……」

将棋盤に目を戻した麦倉が、次の手を思案しながらつぶやく。

「馬がバカだってことじゃない。動物には言葉なんて使わなくとも、コミュニケーションをとる能力があるってことだ。人間だってそれができてたはずなんだが、もう無理だ。俺たちはすっかり洞察したり共感する能力を無くしてしまったからな」

指し手が決まり、曲がった指で桂馬を摑んだ麦倉が続ける。

「あんたはなにが欲しいんだ？　あいつに勝たせて、なにを取り戻したいんだ？」

パチンと、将棋盤に駒が打たれる。

「……馬には言葉も、高い鞍も、一等賞も関係ない」

桂馬が裏返り〝金〟の文字があらわれる。

「心が通じてると思ったんだろ？　そりゃあ……あんたが勝手に思い込んでいるのか、馬がそんな風に思い込ませてるのか」

私は、駒に赤く彫り込まれたその文字を見つめる。

「馬は人に夢を見させる。あんたも俺も、その夢に取り憑かれた人間だ」

麦倉はちらと、私の膨らんだバッグに目をやると〝金〟に成った駒を前に進める。

「でも夢はいつか覚めるもんだ」

盤上で詰みとした麦倉は、よし、と両手で杖をついて立ち上がった。

「あいつが心配なら……今日は好きなだけいろ」

そう言い残すと、クラブハウスを出て行った。

ひとり取り残された私は、ソファに座ったまま火が消えかけた暖炉に薪をくべる。静まり返ったクラブハウスに、パチパチと薪が爆ぜる音が心地よく響く。勢いを取り戻した炎が、窓辺に並ぶ色褪せたトロフィーを照らし出した。

定形なく揺れ続ける炎を無心で見つめたまま、ひとつ、またひとつと薪を暖炉に放り込む。いつのまにか、札束を炎の中に放り込んでいた。紙幣が熱風に煽られ、歪みながら発火する。

あ、お金。

気づいたけれど、手が止まらない。私はまたひとつ、ふたつと札束を火中に放る。目の前で紙幣を飲み込んだ炎が、勢いよく背を伸ばしていく。〝10000〟の文字が炎に包まれ、あっという間に黒くなっていく。

パチっと爆ぜる音がして、私は目を見開いた。

窓の外を見ると、青白くなっている空が見えた。暖炉の中では、炭化した薪が白い煙を上げている。

慌てて革のバッグを手繰り寄せた。

おそるおそる口を開くと、手付かずの札束がぎっしりと入っている。

夢を見ていたようだ。

安堵が絶望とともに訪れる。

結局、私はなにからも自由になれない。

外から高い嘶きが聞こえ、立ち上がる。放心したままクラブハウスを出て、声の元へと歩いていくと、濃霧の中から黒い馬に乗った麦倉があらわれた。

麦倉に操られたストラーダが、白霧が漂う馬場をゆっくりと歩いている。

馬に乗る麦倉の姿を、初めて見た。歩けない男の騎乗。けれどもその様は、生まれた時から定められていた動作のように見えた。

コンテナ運搬船、鉱石運搬船に液化天然ガス運搬船。精密に作られた模型船が飾られている廊下を、私は歩いていく。

目の前には、総務部長の藤井の背中がある。彼は、私を先導してゆっくりと歩を進める。ダークスーツの襟元から、ピンク色のクリーニングタグがはみ出していた。思わずそのピンクに手を伸ばしそうになったが、背後からの視線を感じて手を引っ込める。私のすぐ後ろには、経理課長がぴったりとくっついて歩いていた。次第に、あの応接室のドアが近づいてくる。

突き当たりにあるそれを開けると、人事部長と、作業服姿の丑尾がソファに座っていた。私が入室すると、ふたりが一斉に立ち上がる。丑尾の様子を窺ったが、彼は俯いたままで決して目を合わせようとしない。

空いているソファに座るように促された。私の隣に藤井が座り、向かいに経理課長が座る。

「瀬戸口さんに、ご確認いただきたい資料はこちらです」

経理課長は前置きすると、目の前のガラステーブルにプリントアウトされた現金出納帳と、銀行口座の出入金記録を並べていく。かつて藤井と美羽が交わっていた革のソファに腰掛けたまま、私はぼんやりと紙片を見つめる。目の焦点が合わず、文字なのか数字なのかわからないなにかが滲んで見えた。

「優子さん。念の為、記録を取らせてもらうね」

私が頷くより先に、藤井はガラステーブルの上に置かれたレコーダーを回すと、書類を指差しながら、ひとつずつその項目と数字について訊ねていく。時折、経理課長が詳細について質問を挟んだ。事前に打ち合わせされていたのか、ふたりとも決して責めるような言い方はしない。馬を手懐けていく調教師のように、穏やかな声で尋問が続く。そのほとんどが単純な問いで、首を縦か横に振っているだけで回答が済んだ。

私の背後で、人事部長がひそひそとなにかを訊ねている。気づきませんでした、と丑尾がささやく声が聞こえた。その低い声とともに、古い油と汗が混じり合ったあの忌まわしい臭いが鼻に届く。

「……瀬戸口さん残念です」

ひと通りの質問が終わると、藤井は他人事のような口調でつぶやいた。数字を確認してみると、私が金庫から一時的に借りている金額は億を超えているようだった。その額に現実感がなく、私が呆然としていると藤井が続けた。

「あなたのことを信じていたのにどうして」

この男たちは私のなにを見て、どこを信じていたのだろうか。心のない、形だけの言葉が私を男たちから遠ざける。

「おい！　黙ってたらわかんないよ！」

背後から人事部長の怒鳴り声が聞こえた。しびれを切らしたのか、堰を切ったように声を荒げる。

「お前、自分のやったことわかってんのか？　いくら盗んだと思ってんだよ!!!」

それでも口をつぐんだままの私の横で、藤井は芝居じみたため息をつく。骨張った手が、ひび割れた革の上に置かれる。美羽はあの動画を私が持っていることを、藤井に話したのだろうか。ふたりで私のことを、泥棒だとあざ笑っていたのだろうか。

「……ちゃんと返しますから」

絞り出すように、言葉を発した。

私の声を初めて聞いた男たちが、息を呑むのがわかった。木陰から獲物を狙うかのごとく鋭い視線を私に向け、次のひと言を待っている。だが言葉が続かない。しばらく黙り込んでいると、私が話すことに感づいた男たちが矢継ぎ早に問いかけてくる。

どうして金を盗ったのか？　いつから手をつけたのか？　金をなにに使ったのか？　男か？　ギャンブルか？

「……馬です」

は？　と藤井が声を漏らした。私の言葉が、空耳だったかのような顔を見せる。

「それは……競馬ってこと？」

藤井から問いかけられ、渇いた喉から絞り出すように声を発する。

「いえ……私の馬です」

うま？　男たちの嘲笑が応接室に響いた。背後にいるであろう丑尾は、どんな顔で私を見ているのだろうか。

「馬、ですか……」

経理課長は続ける言葉を失い、そこになにかの答えを求めるように目の前の資料を捲った。

「優子さん、ちゃんと話してください。じゃないと、助けてあげられない」

舞台上で与えられた〝優しい刑事の役〟を演じる俳優みたいに、藤井が問いかける。

「優子さん、お金はなにに使ったんですか？」

あのお金で、私が手に入れたものはなんだろうか。それを言葉にして、目の前の男たちを説得することができるのだろうか。この世界のほとんどは、言葉にできないもんだ。麦倉のささやきが脳内に響き、草原を駆ける黒い馬の姿を呼び覚ました。

「……私が思うより、少し先に曲がるんです」

私は掠れた声で続ける。

「私が病気になると彼も食べなくなった。落ち込んでいるときは、ずっと傍にいてくれた。夢の中まで会いにきてくれることもありました。彼の目に見つめられると、どこか懐かしい気分になるんです」

その黒い瞳に映っているのは、遥か昔の世界を生きていた私だ。幸福な私。いまの私に生まれ変わる前の私。

「私は、ずっと歌うことが嫌いでした。でも、彼といるときの私はおしゃべりで、たくさん笑って、よく歌います」

彼といるときの幸せな気持ちは、どこか悲しい気持ちと似ている。その悲しさが、私に生きている実感を与えてくれる。

わかりあえるはずもない男たちに向かって、私は無理やり言葉を紡いだ。言葉にすればするほど、彼と創り上げてきた大切なものが壊れていくような気がした。必死に堪えたけれども、悔しさで目尻に涙が滲む。

「話が通じないな……泣きたいのはこっちだよ」

人事部長は、突拍子もない話をする女に呆れ返っている。経理課長は答えを探すように、資料を捲り続けている。

「優子さん説明になってないよ。馬に貢いだなんて話、誰も納得しない」

先ほどまで穏やかだった藤井の口調が、刺々しくなっている。理解できないことに対する苛立ち。それはスマートフォンの中で、私が毎日触れている物言いだった。自分だけが正常であり、正論を言っていると信じて疑わない人間たちの話し方。

「話にならないようですから……警察に相談します」

警察、という言葉が耳に入ると体中の力が抜けた。膝が震え、息が切れる。弱々しく横たわるストラーダの姿が脳裏をよぎった。私は声を振り絞る。

「……彼は怪我をしています。もう走ることも、飛ぶこともできないかもしれない。どれだけ不安で心細いことか。私しか、彼を助けることができないんです」

もし私がいなくなったら、これから彼はどうやって生きていくのだろうか。私のことを、いつまで覚えていてくれるのだろうか。

「彼は……私を待っているんです」

言葉を吐き出すのと同時に胃が痙攣し、口の中に酸っぱい唾液が溢れた。私が慌てて口を手で抑えると、わっ、と男たちが輪を広げるように腰を引く。右手で口を抑えたまま応接室の扉を開け、目の前にある便所に駆け込んだ。

汚れたタイルに膝をつき、黄ばんだ便座を摑んだまま嘔吐する。昨日からなにも喉を通らず胃の中はからっぽで、乳白色の唾液が便器を伝うだけだった。

涙を零しながら糸を引く涎を手の甲で拭っていると、薄く開いた便所の窓のすきまから潮風が吹き込んでくる。

ドゥダッダ……

風の音が、あの歌のように聞こえた。

ドゥダッダ、ドゥダッダ……

私は口ずさむ。枯草と乳の匂いが鼻に届く。潮風に乗って、蹄の音も聞こえてきた。

私は立ち上がり、便所を出る。

ドゥダッダ、ドゥダッダ、ドゥダッダ……

コンテナ運搬船、鉱石運搬船、液化天然ガス運搬船。模型船が並ぶ長い廊下をふらつく足取りで歩き出す。

「優子さん！」

背後で応接室のドアが開く音がして、藤井に呼び止められた。私を追いかけてくる男たちの足音が廊下に響く。ガチャガチャと鳴る安全靴の音が乱れ、激しい衝突音が聞こえた。振り返ると、丑尾が廊下に転がっていた。床に落ちて粉々になった船の破片が、道を塞いでいる。丑尾は私を逃がそうとしてくれているのか、それともただ転んだだけなのか。いずれにせよ船の模型が散乱した床を転げ回るその様は滑稽で、思わず笑いが込み上げる。

「話をしましょう！」

藤井が散らばった船体を踏み潰しながら迫ってくる。

「優子さん、話せばわかります！」

刑事役を全うするかのように叫ぶ。

話す？　あなたたちといったいなにを？　おかしくて、笑いを堪えることができない。

ドゥダッダ、ドゥダッダ。

私は口角を上げたまま、藤井に背を向けて廊下を走り出す。突き当たりにある非常口から外に出た。

港にある巨大なクレーンが、真っ青な空の中で優雅に首を動かしていた。心地よい潮風が吹き付ける。

ドゥダッダ、ラッダドゥダッダ。

私は造船工場のまっすぐな道を駆けていく。

汽笛の音がホルンのように鳴り、私の背中を後押しする。鉄板が切り落とされる音がヴァイオリンのように重なり、安全靴の行進が打楽器のごとくリズムを作る。工場の間を吹き抜ける風が、コーラスのようにメロディを奏でた。

ドゥダッダ、ラッダドゥダッダ、ドゥディドゥディドゥダッダ。

錆びた屋根で覆われた駐輪場に走り込むと、荒い鼻息が聞こえた。細かく区切られた鉄柵の中に並ぶ自転車やバイクの先に、ストラーダがいる。

迎えにきてくれたの？

私が駆け寄ると、彼は首を下げて私の顔を覗き込む。

一緒に逃げよう、と漆黒の瞳に語りかけられた。

なめらかな革の鞍を摑んで彼に飛び乗ると、弾かれたように彼が駆け出す。振り落とされそうになり、慌てて手綱を強く握った。

ドゥダッダ、ドゥダッダ。

走っている、彼が走っている。

あっという間に速歩から駈歩へ。ストラーダは瞬く間に駐輪場を出ると、工場と工場の間の道を駆け抜け、すし詰めの喫煙所の男たちの前を通過し、警備員たちの制止を振り切って外に飛び出す。

湾曲した海沿いの車道を走っていると、背後からパトカーのサイレンが聞こえた。物々しい警報を振り切るようにストラーダが加速し、まっすぐに伸びる国道を駆けていく。

ドゥダッダ、ドゥダッダ。

口ずさみながら、力が溢れてくる。私の鼓動が彼のそれと重なり、リズムとなる。行こう。

私が腰を浮かせ、手綱を前に出すとストラーダの筋肉が盛り上がり駈歩から襲歩《しゅうほ》となる。がらんとしたホームセンターとスーパーマーケット、並んで建つ洋食と和食のファミリーレストラン。見慣れた国道沿いの景色が眼前を流れていく。駆けながら、鞍上からすべてに別れを告げる。バイバイ。

「おーい！」

軋んだ声で呼ばれ横を見ると、麦倉乗馬倶楽部の馬運車が並走していた。運転席には麦倉がいて、金歯を剥き出しにして笑っている。

「幸せになー！」

私は馬上から麦倉に手を振り返すと、消費者金融の無人契約機と水色の看板のコンビニエンスストアに挟まれた交差点を右に曲がり、襲歩のまま田園の一本道を駆けていく。水が張られたばかりの田んぼが、鏡のごとく青空を映している。まるで、オシラサマが空を駆けているようだ。

ドゥダッダ、ドゥダッダ。

彼と息を合わせながら、愛おしさが込み上げてくる。

これ以上の幸せが、果たしてあるのだろうか。

ドゥダッダ、ラッダドゥダッダ。

この想いを歌にして、誰かに伝えたいと思った。忌み嫌っていた言葉を使って、いつか私はオシラサマのような真実の物語を歌う。あなたと出会ったときのこと、不思議な夢のこと、私の中にあなたがいて、あなたの中に私がいたときのこと。

ドゥダッダ、ラッダドゥダッダ、ドゥディドゥディドゥダッダ。

彼に乗りながら、私は歌う。

応じるように、ストラーダが嘶く。

私たちは、どこまでもいけると叫ぶかのように。

麦倉乗馬倶楽部の厩舎に、私は駆け込んだ。

奥の馬房にストラーダがいる。振り返ると、厩舎の入口に赤いスクーターが倒れていた。薄暗い馬房の中でストラーダは、無心に草を食んでいる。私は彼の足元に積まれていた枯草に手を突っ込み、隠していた革のバッグを探す。あの金さえあれば、馬の楽園で彼は生きていける。けれども見当たらない。必死で枯草をかき分けていると、破れた一万円札があらわれた。同時に荒々しい鼻息とともになにかを噛み破る音が耳に届き、ストラーダの口元に視線を移す。それは、札束だった。

慌てて床に這いつくばり、枯草に紛れた一万円札をかき集める。だがいずれもが、ぼろぼろに食いちぎられていた。

「ストラーダ、どうして？」

問いには答えず、私の馬は蹄で踏んづけていた黒い革のバッグを咥えて馬房から出ていく。

「あなたのための、お金なのに」

ストラーダが歩くたびに、涎まみれの札束がひとつ、またひとつと落ちていく。バッグの腹が食い破られ、大きな穴が空いていた。

札束を拾い集めながら厩舎を出ると、あの店の箱のようなオレンジ色の空が見えた。その鮮やかな空の下、ストラーダは歩き続ける。

「ストラーダ！」

呼び掛けるが、彼の歩みは止まらない。

息を切らし、彼の尻を追いかけているうちに口角が上がる。

なんて馬鹿馬鹿しい。

笑いながら、力が漲ってくる。

彼はすべてわかっている。

金などいらない。

ふたりでいられたらいい。

馬場からこちらを見ていた栗毛や芦毛の馬たちが、私の気持ちを後押しするように高らかに嘶いた。それに勇気づけられた私は、背後から彼の手綱に手を伸ばす。

「ストラーダ、一緒に逃げよう」

突風に煽られ、鬣が揺れた。

刹那、車に撥ねられたような衝撃とともに私の体がのけぞる。

視界の隅で、一万円札が飛び散っていく。ストラーダが白目を剝きながら、後脚で私を蹴り上げていた。世界がぐるりと反転したのちに、仰向けに馬場に落ちる。

ドゥダッダ、ドゥダッダ……

口ずさみながら目を見開いた。

霞んだ視界の先に、雲ひとつないオレンジ色の空が広がっている。輪郭が曖昧なパトカーのサイレンの音が聞こえてきた。

逃げなければ。馬場に手をつき、泥と馬糞にまみれた体を起こす。全身が痺れ、まるで自分の体ではないようだった。枯草の香りも、乳の匂いも感じない。鼻が焼けたみたいに熱かった。鉄が切断されるような甲高い音が耳の中で響いている。鼻腔の奥から生暖かい液体が喉に流れ込み、鉄の味で満たされていく。

おそるおそる鼻に触れる。ぬめっとした感触とともに、骨が左に大きく折れ曲がっているのが分かった。

ストラーダは何事もなかったかのように、澄ました顔でこちらを見ている。鼻から血を溢れさせながら、見つめ返す。

彼は、私から一切目をそらさない。ガラス玉のような真っ黒な瞳。そこに映っているはずの私の姿を求めて目を凝らすが、いくら覗き込んでも私はいない。

サイレンの音が近づき、回転する赤いランプが私と彼の瞳を交互に照らし出す。

そこにいたのは清々しいほどに、ただの馬だった。

取材協力

今治造船株式会社　広島工場

大井松田乗馬クラブ（林泰典氏）

クイーンズメドウ・カントリーハウス

一般財団法人ハヤチネンダ（今井航大朗氏）

佐々木牧場

釧路セントラル牧場

ジェットファーム

ノーザンファーム

桜井美貴子氏

藤本美芽氏

原田美枝子氏

参考文献

ジャネット・L・ジョーンズ『馬のこころ――脳科学者が解説するコミュニケーションガイド』（尼丁千津子訳、パンローリング、二〇二一年）
チェリー・ヒル『馬のきもち　HOW TO THINK LIKE A HORSE』（杉野正和・河村修訳、メディア・パル、二〇一八年）
J・E・チェンバレン『馬の自然誌』（屋代通子訳、築地書館、二〇一四年）
タムシン・ピッケラル（著）アストリッド・ハリソン（写真）『世界で一番美しい馬の図鑑』（川岸史訳、エクスナレッジ、二〇一七年）
コーマック・マッカーシー『すべての美しい馬』（黒原敏行訳、ハヤカワepi文庫、二〇〇一年）
本村凌二『馬の世界史』（中公文庫、二〇一三年）
河田桟『くらやみに、馬といる』（カディブックス、二〇一九年）
柳田国男『遠野物語』（新潮文庫、二〇一六年）［初刊一九一〇年］

初出　「新潮」二〇二四年四月号

装画　井田幸昌

※著者への感想をお送りいただけますと幸いです。

https://forms.gle/DpaEP62ohufzBnoBA

私《わたし》の馬《うま》

発　行　2024 年 9 月 20 日

著 者　川村元気《かわむらげんき》
発行者　佐藤隆信
発行所　株式会社新潮社
〒 162-8711　東京都新宿区矢来町 71
電話　編集部　03-3266-5411
　　　読者係　03-3266-5111
https://www.shinchosha.co.jp
装　幀　新潮社装幀室
印刷所　大日本印刷株式会社
製本所　加藤製本株式会社

ISBN 978-4-10-354282-7 C0093